Dieses Buch ist der unveränderte Reprint einer älteren Ausgabe.

Erschienen bei FISCHER Digital

Hedderichstr. 114, D-60596 Frankfurt am Main

Printed in Germany
ISBN 978-3-596-31124-8

Fischer

Weitere Informationen finden Sie auf
www.fischerverlage.de.

JEFFREY ASHFORD

DAS SCHERBENGERICHT

KRIMINALROMAN

SCHERZ

BERN · MÜNCHEN · WIEN

Einzig berechtigte Übertragung aus dem Englischen
von Bodo Baumann
Titel des Originals: «Enquiries are Continuing»
Schutzumschlag von Anton Stankowski
1. Auflage 1966

1

Es war Dienstag, der 14. Juli, 12 Uhr 31. Die Abschiedsfeier zu Ehren des scheidenden Superintendenten in der Bezirksinspektion «X» neigte sich ihrem Ende zu.

Superintendent Anchor trank seinen Sherry aus und lehnte sich gegen den Billardtisch. «Nun gehört sie dir, Bernard.»

«Auf das Wohl der tüchtigsten Inspektion in der Grafschaft!» sagte Superintendent Pallett und hob sein Glas. «Der Stolz unseres Polizeipräsidenten!»

Die Anwesenden — im Range eines Inspektors und höher — musterten verstohlen ihren neuen Chef. Er war von der Inspektion «V» hierher versetzt worden, und Titans, der behauptete, über ihren neuen Superintendenten recht gut im Bilde zu sein, meinte, Pallett müsse sich Fransen an den Mund geredet haben, um zum Superintendenten befördert zu werden.

Detektivinspektor Kerry schenkte Anchor noch ein Glas Sherry ein und bediente sich dann selbst. Er begann zu zweifeln, daß diese Abschiedsfeier ein guter Einfall gewesen war.

«Ich bin überzeugt, wir werden prächtig zusammenarbeiten», krähte Pallett mit seiner hohen Stimme. «Ich werde mich bestimmt sehr rasch bei Ihnen eingewöhnen.» Weil Pallett von kleiner Statur war, fiel das schlaffe Kinn mit der dicken Hautfalte darunter besonders auf. In ein paar Jahren würde er ein Doppelkinn haben.

Chefinspektor Clarke blickte noch trübsinniger als sonst vor sich hin, als er sich jetzt die Hand vor den Mund hielt und leise rülpste.

«Ich habe mich schon immer an die Devise gehalten: Frohsinn weckt den Gemeinschaftsgeist. Denn eine frohe Gemeinschaft von Leuten wird auch etwas Tüchtiges leisten. Sie stimmen mir doch zu, Nobby?»

«Sicher, Sir.» In Clarkes Gesicht malte sich Erstaunen darüber, daß Pallett ihn mit seinem Spitznamen anredete. Anchor war einige Jahre lang sein Vorgesetzter gewesen; aber mit seinem Spitznamen hatte er ihn nie angeredet.

Anchor zündete sich eine Zigarette an. «Ich glaube, ich werde jetzt wohl aufbrechen müssen. Ich versprach nämlich meiner Frau, zum Mittagessen zu Hause zu sein, und dieses Mal kann ich nicht Arbeitsüberlastung als Entschuldigung vorschützen, wenn ich mich verspäte. Und meine Frau ist gar nicht so glücklich über meine Versetzung.»

«Das kann ich ihr nicht verdenken, Sir», sagte Kerry. «Hier gibt es doch wenigstens noch Wiesen und Felder und stille Winkel. Ein Bekannter hat mir erzählt, daß sie jetzt in Prenton fünftausend Häuser bauen.»

«Jeder Bewohner dieses Landes braucht eben ein Dach über dem Kopf», mischte sich Pallett ein. «Glauben Sie mir: wenn dieses neue Bauvorhaben abgeschlossen sein wird, können Sie in Prenton weit mehr als fünftausend Häuser zählen. Jemand hat Prenton bereits das ‹Blackpool des Südens› getauft. Nun, eines ist gewiß: die Dirnen kommen bereits in Scharen. Die riechen das Geld schon, wenn die gedruckten Noten noch gar nicht richtig trocken sind.»

«Natürlich ist der Bedarf groß», gab Anchor zu, «aber es ist ein Jammer, daß man immer die landschaftlich reizvollsten Plätze mit Mietskasernen vollbauen muß.» Er leerte sein Glas und stellte es auf den Rand des Billardtisches. «Ich hoffe, du wirst bei der Übernahme alles in Ordnung finden», wandte er sich an Pallett.

«Ich bin überzeugt, daß du alles in mustergültiger Ordnung hinterlassen hast, Tom. Als ich hörte, daß man mir die Bezirksinspektion ‹X› anvertrauen würde, sagte ich zu mir: ‹alles wird dort mit der Präzision eines Uhrwerkes ablaufen, und ich muß nur ab und zu das Gangwerk ölen.»

«Nun — alles Gute für euch», sagte Anchor fast beiläufig. Es entsprach nicht seinem Wesen, Gefühle offen zu zeigen. Natürlich hatte er sich über seine Beförderung gefreut, aber zugleich bedauerte er es sehr, daß er jetzt von seinem ersten selbständigen Kommando Abschied nehmen mußte. Er war stolz darauf, daß er aus der Inspektion «X» eine erstklassige Abteilung geformt hatte, und nun mußte er abtreten und einem anderen das Steuer überlassen. Er verließ den Billardsaal. Kerry begleitete ihn.

«Wir sehen Sie doch heute abend?»

«Natürlich, Sir, selbstverständlich; vorausgesetzt jedoch, daß das Verbrechen sein blutiges Haupt nicht zu hoch erhebt.»

«Mary hat mir heute früh einen Knoten ins Taschentuch gebunden, um mich daran zu erinnern, daß ich Sie an heute abend erinnern soll.» Er lächelte, und ein Zug von Wärme überzog sein sonst so strenges Gesicht. «Ich habe sie in Verdacht, daß sie eine besondere Überraschung für uns vorbereitet hat. Aber bitte kommen Sie so, wie Sie sind, keine Umstände meinetwegen.» Er drehte sich um und ging die Treppe hinunter.

Kerry steckte sich eine Zigarette an. Seit einiger Zeit hatte sich ein freundschaftliches Verhältnis zwischen ihm und Anchor gebildet; aber echte Freundschaft war es nicht gewesen. Echte Freunde wären sie wohl auch nie geworden, selbst wenn der Rangunterschied nicht zwischen ihnen gestanden hätte, obgleich jeder den anderen schätzte und den Fähigkeiten und dem Charakter des anderen seinen Respekt zollte.

Er ließ das abgebrannte Streichholz in eine Aschenschale fallen. Dann drehte er sich um und beobachtete nachdenklich seine Kollegen, die sich um Pallett geschart hatten. Vielleicht war er voreingenommen — trotzdem peinigte ihn das Gefühl, daß dieser Wechsel des Vorgesetzten für die Inspektion nicht vorteilhaft war.

«Kommen Sie her zu uns», rief Pallett ihm zu, «ich möchte mich gern mal mit Ihnen unterhalten.»

Kerry kam der Aufforderung nach, und Titans zog sich zurück; ein bißchen fluchtartig, kam es Kerry vor.

«Tom hat sich sehr lobend über Sie ausgesprochen, Mr. Kerry.»

Kerry murmelte etwas Undeutliches.

«Sagte, Sie wären der geborene Detektiv, der wie ein Pferd arbeiten kann, wenn es darauf ankommt. Leute, die aus solchem Stoff gemacht sind, sind bei mir richtig am Platz. Wenn ein Mann seine Arbeit versteht, rede ich ihm nicht drein. Habe es immer so gehalten. Wenn einer meiner Leute eigene Initiative entwickelt, soll es mir nur recht sein. Nachdem ich Sie jetzt kennengelernt habe, glaube ich sicher, daß wir beide gut zusammenarbeiten werden.»

«Ich hoffe es, Sir.»

«Wir wollen das Wort ‹hoffen› durch das Wort ‹wissen› ersetzen. Momentan stehen wir uns eben noch wie zwei alte Kater gegenüber, die sich gegenseitig mißtrauisch beschnüffeln.» Pallett lächelte.

Detektivkonstabler Beard betrat den Saal. Er war eine Spur zu geckenhaft gekleidet und seine Krawatte war ein krasser Verstoß gegen den guten Geschmack. Er ging auf Kerry zu, und während er seine Meldung machte, betrachtete er verstohlen die nachlässige Haltung des neuen Superintendenten. «Man hat das Kind gefunden, Sir. Tot. Ist in den Teich hinter dem Haus gefallen.»

«In Ordnung. Setzen Sie sich mit Dr. Kipps in Verbindung. Er soll sich mit dem Fall befassen.»

Als Beard sich wieder zurückgezogen hatte, fragte Pallett: «Was ist vorgefallen?»

«Ein fünfjähriges Kind wurde seit dem frühen Morgen vermißt, Sir. Der Polizeiposten im Ort hat die Suchaktion durchgeführt.»

«Besteht ein Verdacht, daß es sich um Mord handelt?»

«Für diese Annahme ist es noch zu früh, Sir.»

«Dann halten Sie mich auf dem laufenden, ja? Ich will nur Bescheid wissen, die Entscheidungen bleiben natürlich Ihnen überlassen.»

Titans machte die Runde mit einer Flasche Sherry und füllte Kerrys Glas auf. Sobald Kerry seinen Sherry ausgetrunken hatte, verließ er die Gesellschaft und ging in sein Dienstzimmer. Er suchte gerade einige Papiere im Aktenschrank, als das Telefon läutete und die Polizei in Quartby einen Schaufenstereinbruch meldete. Ein Passant, der Augenzeuge des Einbruchs wurde, hatte sich die Nummer des Wagens aufgeschrieben, in dem die Einbrecher flüchteten. Kerry rief nach diesem Gespräch sofort die Zentrale in Caithone an und bat um nähere Angaben über das Auto. Danach verließ er das Polizeigebäude und ging das kurze Stück bis zu seiner Dienstwohnung zu Fuß.

Heather, seine Frau, trat in die Halle, als er seinen Hut am Garderobenständer aufhängte.

«Wie hat sich euer neuer Häuptling eingeführt?» fragte sie.

Er folgte ihr in die Küche. «Überspannt. Viel zuviel Lobhudelei. Wenn ein Superintendent von mir geradezu schwärmt, weiß ich, daß etwas nicht ganz koscher ist.» Er setzte sich an den gedeckten Küchentisch. «Man merkt, daß er aus dem Mannschaftsstand stammt.»

«Habt ihr nicht alle von der Pike auf gedient?» Sie goß das Wasser von den Salzkartoffeln ab.

«Du weißt schon, was ich meine. Zu viele Verbeugungen vor Anchor und der Inspektion.»

«Don, du hast es dir nun mal in den Kopf gesetzt, ihn nicht zu mögen. Ich wette, du wirst dich um keinen Preis der Welt von deiner vorgefaßten Meinung abbringen lassen.»

«Gut, daß du mich an etwas erinnerst. Anchor sagte mir, Mary habe eine kleine Feier vorbereitet. Aber wir brauchen uns deswegen nicht besonders fein zu machen.»

«Gott sei Dank, denn außer meinem Hochzeitskleid —

und da platze ich schon aus den Nähten — habe ich nichts, was ich für besondere Gelegenheiten anziehen kann.»

«Was ist mit dem Kleid, das du erst neulich gekauft hast?»

«O, Don, das habe ich doch schon im vergangenen Jahr gekauft.»

Über das armselige wassertriefende Bündel, das vor wenigen Stunden noch ein Kind gewesen war, hatte man ein Laken gebreitet. Dann hob man die Tragbahre in den Leichenwagen. Schweigend, ohne Bewegung, sah die Mutter dem Wagen nach, bis er um die Ecke bog.

«Kommen Sie doch wieder ins Haus, Mrs. Adams», sagte Dr. Kipps, der Polizeiarzt.

Sie blickte ihn mit einem verlorenen Gesichtsausdruck an: «Er ... er ...»

«Ruhen Sie sich jetzt aus. Ihr Arzt wird jede Minute hier sein, und Ihr Mann wird auch gleich kommen.»

Dr. Kipps führte sie in ihre Wohnung und behandelte sie gegen Schock. Als sie zu benommen war, um sich noch von ihrem Bett erheben zu können, ging er die schmale Treppe hinunter und verließ das Haus. Als er gerade in seinen MG einsteigen wollte, näherte sich Detektivkonstabler Beard der Haustür.

«Nichts für uns, Doktor?»

«Der Körper des Kindes zeigt keine Wunden oder Verletzungen.»

«Wir können diesen Fall also abschreiben?»

«Nette Ausdrucksweise. Vielleicht können Sie den Kummer dieser Frau auch abschreiben.»

Beard blickte ihn erstaunt an, und erst als der Wagen sich schon in Bewegung setzte, fiel ihm eine Antwort ein. Schon zu Beginn seiner Laufbahn als Detektiv hatte er sich vorgenommen, sich nicht vom Unglück seiner Mitmenschen zu sehr beeinflussen zu lassen.

Er fuhr nach Bilhurst zurück. Er begab sich zum Zimmer des Detektivinspektors, fand es leer, ging deshalb zu Kerrys Schreibtisch und begann, die Papiere, die darauf lagen, zu lesen. Als er Schritte auf dem Flur hörte, trat er rasch bis an die Tür zurück.

Kerry betrat den Raum, nahm den Hut ab und hängte ihn an einen Garderobenhaken an der Wand. «Nun?» fragte er, während er sich am Schreibtisch niederließ.

«Dr. Kipps meint, es seien keine Anzeichen von Gewaltanwendung zu entdecken. Keine Verletzungen, Sir.»

«Schreiben Sie einen vorläufigen Bericht und geben Sie ihn mir. Ich nehme an, daß man das tote Kind in das Leichenschauhaus gebracht hat?»

«Jawohl, Sir. Ich habe Dr. Belgans Sekretärin ausrichten lassen, daß eine Autopsie vorgenommen werden soll.»

«Donnerwetter! Sie zeigen ja plötzlich Ansatz zu eigener Initiative! Sind Sie krank?»

Beard verzog den Mund, drehte sich wortlos um und marschierte auf die Tür zu, aber Kerrys Stimme brachte ihn an der Tür noch einmal zum Stehen.

«Haben Sie keine schönere Krawatte im Schrank?»

«Was gefällt Ihnen an ihr nicht, Sir?»

«Ein bißchen laut. Ein bißchen schwarze Farbe würde ihr gut bekommen.»

Kerry entdeckte einen Zettel mit einer Mitteilung von Detektivsergeant Stevens auf dem Schreibtisch. Ein Geldschrank war im Wald von Appleton gefunden worden, und alle Anzeichen deuteten darauf hin, daß er zu den Gegenständen gehörte, die in der vergangenen Nacht aus einem Büro in Fetley gestohlen worden waren. Das Telefon läutete, und Kerry nahm den Hörer ab.

«Pallett hier. Mr. Kerry? Ich habe schon seit einiger Zeit versucht, Sie zu erreichen.»

«Tatsächlich, Sir?» Kerry blickte auf seine Armbanduhr und stellte fest, daß sich seine Mittagspause etwas in die Länge gezogen hatte.

«Ich erwarte einen Bericht über den ertrunkenen Jungen.»

«Einen Bericht, Sir? Aber dafür ist es doch noch zu früh!»

«Haben Sie sich denn noch nicht am Unglücksort umgesehen?»

«Nein, Sir.»

«Sie sind also der Meinung, daß sich der Gang nicht lohnen würde? Verstehen Sie mich recht, Mr. Kerry, ich will mich nur auf dem laufenden halten. Trotzdem — welche Fortschritte haben Sie gemacht?»

«Ich denke, ich sollte mich erst äußern, Sir, wenn ich besser über den Fall unterrichtet bin.»

«Gut. Aber können Sie mir nicht doch einen Zwischenbericht darüber geben, wie die Angelegenheit steht?»

«Die Leiche zeigt keine Spuren von Gewaltanwendung. Eine gerichtliche Obduktion ist angeordnet worden.»

«Ich danke Ihnen sehr. Freut mich, daß alles seinen geregelten Gang geht.»

Kerry legte den Hörer auf die Gabel. Er stützte die Ellenbogen auf den Tisch und verschränkte die Hände unter dem Kinn. Weil er so gut mit Anchor zusammengearbeitet hatte, hatte er ganz instinktiv den Wechsel in der Leitung der Inspektion bedauert. Aber alle seine Anstrengungen, sich zu einem positiven Urteil durchzuringen, waren vergeblich. Er konnte seine Antipathie gegen den neuen Superintendenten nicht überwinden. Plötzlich kam ihm der Gedanke, wie es mit seinen Aussichten auf eine Beförderung stehen mochte. Er hatte Karriere gemacht, aber nicht zu rasch. Das war nicht verwunderlich, denn die Arbeit eines Detektivs bestand aus neunzig Prozent Routine, neun Prozent Glück und einem Prozent Begabung. Sein Glück war nicht gerade sprichwörtlich.

Er redete sich ein, daß Pallett nach einer gewissen Anlaufzeit sicher ein ordentlicher Vorgesetzter werden würde. Der Mann war natürlich nicht aus dem gleichen Stoff gemacht wie Anchor, aber Anchor war in jedem Fall eine außergewöhnliche Erscheinung unter den Beamten der Polizeitruppe.

Das Telefon läutete wieder.

«Stevens am Apparat, Sir. Ich habe mir den Geldschrank angeschaut. Kein Zweifel, daß er aus dem Büro in Fetley stammt. Die Rückwand hat man mit einem Brecheisen aufgestemmt, so sauber und glatt wie bei einer Heringsbüchse. Die Versicherungskarten haben die Diebe zurückgelassen, aber das Geld ist fort.»

«Geben Sie die Nachricht nach Fetley weiter. Keine Abdrücke, oder?»

«Nicht ein Hauch von einem Abdruck, Sir.»

Um 19 Uhr 15 am gleichen Abend überquerte Cynthia Yarnby die Straße und betrat das der Gemeinde gehörende Haus in dem Dorf Starkley, wo ihre Eltern wohnten. In ihren abgerissenen Kleidern sah sie eigentlich noch gar nicht wie eine Zwölfjährige aus. Sie blieb in der Küche stehen und starrte auf den Tisch. Dort lagen immer noch die Teller, Gläser und Bestecke vom Frühstück und Mittagessen.

Mrs. Yarnby betrat die Küche. Sie war sechsunddreißig Jahre alt, aber weil sie so reichlich von Lippenstift und Puderdose Gebrauch machte, mochte man sie auf den ersten Blick erst auf dreißig schätzen, und wenn das Licht schräg auf ihr Gesicht fiel, sie bereits für vierzig halten. Sie trug ein Sommerkleid, das ihren prallen Körper viel zu knapp umschloß.

«Du kommst aber spät nach Hause!» sagte sie mit ihrer schrillen Stimme. «Du weißt ganz genau, wann wir zu Abend essen. Warum bist du nicht eher heimgekommen? Was noch übriggeblieben ist, habe ich in die Speisekammer gestellt. Ich gehe jetzt weg, und wenn du deinen Vater siehst, sage ihm, ich komme — nun, wenn ich eben wieder da bin — und keine Minute eher.»

Sie suchte nach ihrem Geldtäschchen und fand es schließlich hinter den schmutzigen Tellern, Schüsseln und Töpfen auf dem Spültisch.

«Mam . . .»

«Was willst du? Ich habe mich sowieso schon deinetwegen verspätet. Warum, zum Donnerwetter, kannst du nie rechtzeitig heimkommen?»

«Mama ... man hat mir was angetan.»

«Man hat ... was?» Mrs. Yarnby erstarrte.

«Ein Mann hat mir was getan.»

«Wo warst du?» fragte sie heiser.

«Ich ging mit ihm in den Wald von Starkley.»

«Habe ich dir nicht gesagt, daß du dort nicht hingehen sollst? Habe ich dir das nicht immer und immer wieder gesagt? Was ist passiert?»

«Er ... er gab mir Schokolade.»

«Und du hast sie genommen?»

«Und dann setzte er sich hin und ich mußte ... ich mußte ...»

Mrs. Yarnby ließ die Geldbörse auf den Boden fallen. Sie eilte auf ihre Tochter zu und faßte sie beim Arm, viel heftiger, als es ihr bewußt wurde. «Was, zum Teufel, ist passiert, Liebling? Was hat der Mann mit dir gemacht?»

2

Als das Telefon in Kerrys Haus läutete, spielte Liz gerade im oberen Stockwerk Klavier, und Heather und er saßen vor dem Fernsehapparat.

«Verdammt!» sagte Kerry, während er auf die Uhr sah.

«Das könnte Muriel sein», sagte Heather. «Sie wollte heute noch einmal anrufen.»

«Um dir zu erzählen, was für eine Farbe ihre neue Perücke haben wird?»

«Ich weiß schon, daß du sie nicht gerade in dein Herz geschlossen hast, Don, aber manchmal könntest du schon ...» Sie biß sich auf die Zunge. «Will denn keiner ans Telefon gehen?»

Kerry ging hinaus auf die Diele. «Höre mal einen Moment auf, Liz», rief er. Das Klavierspiel hielt mit unverminderter Stärke an. Er nahm einen Spazierstock und trommelte damit gegen die Decke. Sofort herrschte Stille. Er nahm den Hörer ab. «Bilhurst drei-acht-drei.»

«Polizeiinspektion, Sir. Wir haben soeben eine Meldung aus Starkley bekommen. Jemand hat sich an einem Kind vergangen.»

«Notzucht?»

«Wir sehen noch nicht ganz durch, Sir. Die Mutter war ziemlich hysterisch am Telefon.»

«Ich werde mich sogleich auf den Weg machen. Sagen Sie Brendon Bescheid. Er soll mich dort treffen. Wie lautet die Adresse?»

«Hill Lane Nummer fünf. Der Name ist Yarnby, Sir.»

«Yarnby ... Yarnby ... der Name kommt mir bekannt vor.»

«Kann es nicht genau sagen, Sir. Er ist nicht ...» Der Polizeikonstabler brach ab und Kerry konnte hören, wie er mit jemandem flüsterte. «Den Mann hat man hier schon ein paarmal vorgeführt, Sir. Trunkenheit und Raufhandel. Er stiftete eine Schlägerei in den ‹Vier Reitern› an und hat einem Gast den Kiefer gebrochen.»

«Ja — jetzt kann ich mich wieder erinnern.» Als Kerry den Hörer auf die Gabel zurücklegte, erschien Liz auf dem oberen Treppenabsatz. Gewöhnlich war sie munter und unbekümmert, aber jetzt machte sie ihr «Virtuosengesicht», große sehnsüchtige Augen und den Kopf ein wenig geneigt. So stellte sie sich Rachmaninow am Klavier vor.

«Darf ich weiterspielen, Daddy?»

«Ja.»

«Was ist passiert?»

«Ein Mädchen ist ...», er räusperte sich. «Ein Mädchen ist verletzt worden. Ich werde nachschauen, was sich wirklich zugetragen hat.»

«Ist sie überfahren worden?»

«Ja — so etwas Ähnliches.» Weil er sich so oft mit dem Schmutz und dem Abschaum des Lebens befassen mußte, trachtete er, Liz vor der Berührung mit diesen Dingen zu bewahren. Heather meinte, das sei ein Fehler, aber schon bei der Vorstellung, daß auch seine Tochter einmal das Opfer einer Abscheulichkeit werden könnte, wurde es ihm ganz schlecht im Magen.

Er ging in das Wohnzimmer. «Ich muß noch einmal fort, Heather.»

«O Don!» seufzte sie. «Nimmt das denn gar kein Ende? Drei Abende in den letzten fünf Tagen hast du gearbeitet!»

«In Starkley hat man sich an einem Mädchen vergangen.»

«Du meinst . . .?»

«Wir wissen es noch nicht, aber es scheint eine böse Geschichte zu sein.»

Er nahm seinen Hut vom Garderobenständer, setzte ihn hastig auf, eilte aus dem Haus und öffnete die Garage, in der sein Morris 1000 stand, für dessen Betrieb ihm die Polizei Kilometergeld bezahlte. Mit einer Geschwindigkeit, die weit über der gesetzlich vorgeschriebenen Grenze von 50 Stundenkilometern lag, fuhr er aus Bilhurst hinaus, dann die Landstraße entlang bis zur Kreuzung, wo es nach Starkley abging. Fünf Minuten später hielt er vor einem Haus, das zu einer gemeindeeigenen Siedlung von zwanzig Häusern gehörte.

Die Haustür wurde von einem Polizeikonstabler geöffnet, der gerade Bericht erstatten wollte, als Mrs. Yarnby in die Diele trat.

«Sie müssen etwas unternehmen!» schrie sie. Sie stand so dicht vor ihm, daß ihn der kräftige Bierdunst in ihrem Atem wie eine Wolke umfing.

«Ich bin Detektivinspektor Kerry.»

«Das arme Kind ist in einem furchtbaren Zustand. Was sollen wir jetzt tun?»

«Wo ist sie?»

«In der Küche.»
«Hat man sie vergewaltigt?»
«Nein.»
«Sie haben also aus ihr herausbringen können, was ihr zugestoßen ist?»
«Ja, aber ... Ich möchte es eigentlich nicht gern sagen.»
Kerry war überrascht, sie erröten zu sehen. Er hatte geglaubt, daß diese aufgedonnerte Person mit den harten Gesichtszügen schon vor langer Zeit das Erröten verlernt haben mußte.
«Wenn wir nichts wissen, können wir nichts unternehmen, Mrs. Yarnby.»
«Gut — gehen wir hier hinein.» Sie öffnete die Tür zu ihrer Rechten.
«Haben Sie schon einen Doktor gerufen?» fragte Kerry, als er in das Zimmer trat.
«Es ist alles so schnell gegangen, daß ...»
Kerry wandte sich an den wartenden Polizisten. «Bitten Sie Dr. Kipps, so rasch wie möglich hierherzukommen.»
Kerry durchquerte den Raum und stellte sich vor den Kamin, dessen Rost mit Papierabfällen bedeckt war. «Ich habe den Polizeiarzt verständigen lassen. Wollen Sie, daß wir Ihren eigenen Arzt benachrichtigen?»
Sie schüttelte den Kopf.
«Wenn Sie sich anders entschließen sollten, geben Sie uns Bescheid. Wir können ihn dann mit dem Wagen holen. Was passierte Ihrer Tochter?»
Sie begann mit einem Kissen auf dem Sofa zu spielen. «Haben Sie vielleicht ein Stäbchen?»
Er nahm ein Päckchen Zigaretten aus der Tasche. Sie zupfte eine Zigarette mit ihren rotlackierten Nägeln aus der Packung und steckte sie zwischen ihre rosa geschminkten Lippen. Als er ihr sein Feuerzeug anbot, drängte sich ihm die Beobachtung auf, daß sie keinen Büstenhalter trug.

«Ich habe ihr eingeschärft, nicht in den Wald zu gehen», begann sie unvermittelt. «Ich habe es ihr immer wieder gesagt, aber sie wollte ja nicht auf mich hören. Aber man kann sein Kind ja nicht einfach einsperren, nicht wahr?»

«Welcher Wald?»

«Sie begegnete ihm in der Nähe des Starkley-Forstes, und als er sie fragte, ob sie mit ihm spazierengehen würde, ging sie mit. Ging ohne weiteres mit.» Ihre Lippen zitterten so, daß die Zigarette kleine Kreise beschrieb. «Er gab Cynthia Schokolade, und dann setzten sie sich auf den Boden, und er ... er ...» Sie sog heftig an der Zigarette.

«Ich habe mir schon viel in meinem Leben anhören müssen, Mrs. Yarnby», sagte Kerry.

Sie sagte es ihm.

«Ist Gewalt angewendet worden, Mrs. Yarnby?»

Sie schüttelte den Kopf.

«Glauben Sie, daß ich mit ihr schon sprechen kann?»

«Ich ... ich denke schon.»

Sie gingen in die Küche. Kerry war überrascht, daß das Kind ganz ruhig am Tisch saß und aß, obgleich er später den Kopf darüber schüttelte, daß diese Tatsache ihn überraschen konnte. Junge Menschen hatten nun mal die wunderbare Eigenschaft, die unangenehmen Dinge des Lebens einfach zu vergessen. — Cynthia hatte ein kleines rundes häßliches Gesicht, trotzdem hatte es etwas Anziehendes an sich. Ihr Haar war lang und ungekämmt, und ihr Baumwollkleid, schon ganz abgewetzt am Kragen und den Säumen, war schmutzig. Sie starrte ihn mit abwehrbereiter Feindseligkeit an.

Er setzte sich ihr gegenüber an den Tisch. «Wie geht es dir, Cynthia?»

«Mir geht es gut.»

«Das ist fein. Vielleicht kannst du mir erzählen, was vorgefallen ist — was meinst du dazu?»

Sie warf einen schnellen Blick auf ihre Mutter, dann wieder auf ihren Teller, auf dem noch ein Stück Apfelkuchen lag.

«Erzähl es ihm, Liebes», sagte Mrs. Yarnby.

Kerry war erstaunt über den Ausdruck der Verbitterung, der plötzlich auf ihrem Gesicht lag. War sie so tief verwundet worden, obgleich der äußere Anschein dem widersprach?

«Du bist also spazierengegangen?»

«Obgleich ich es ihr verboten hatte», warf ihre Mutter scharf ein.

Kerry spürte, wie sehr ihre Mutter litt, und war deshalb sehr höflich, als er sie zu schweigen bat. Sie murmelte etwas, während sie sich eine Flasche Bier aus dem Schrank holte.

Man hörte, wie die Haustür geöffnet wurde und zwei Männer in gereiztem Ton miteinander sprachen. Eine dritte Stimme mischte sich ein. Dann hörte man ein Schlurfen und Stoßen, worauf sich die Tür öffnete und ein Mann in die Küche stolperte. Seine Schultern waren so mächtig wie bei einem Ackergaul. Er trug ein abgetragenes Jackett und schmutzige graue Flanellhosen. Hinter ihm drängten der Polizist und Detektivkonstabler Brendon in die Küche.

«Was geht hier vor?» Der Mann schaute sich mit stierem Blick in der Küche um. «Was wollt ihr dreckigen Polizisten in meinem Haus?»

«Du betrunkener Idiot!» rief Mrs. Yarnby.

«Mit Wut beginnt, mit Reue schließt der Zorn», murmelte Brendon. Er hatte einen Hang dazu, bei jeder Gelegenheit Sprichwörter zu zitieren, womit er seine Vorgesetzten bis zur Weißglut bringen konnte.

Yarnby hielt sich am Tisch fest, um nicht das Gleichgewicht zu verlieren.

«Deine Tochter ist geschändet worden!» schrie Mrs. Yarnby, «während du dir einen Rausch angetrunken hast.»

«Wer hat sie vergewaltigt? Ich werde ihn ...»

«Sie halten jetzt den Mund!» fuhr Kerry ihm scharf in die Rede. Verwirrt ließ Yarnby den Tisch los und versuchte, sich auf einem Stuhl niederzulassen. Er stolperte und wäre gefallen, wenn der Polizist ihn nicht gestützt hätte.

«Kannst du uns jetzt genau schildern, was passiert ist?» fragte Kerry das Mädchen. Er bemerkte, daß sie den ganzen Kuchen aufgegessen hatte. Während sie sprach, blickte sie auf den leeren Teller vor sich nieder.

«Ich ging die Straße entlang. Er kam auf mich zu und fragte mich, ob ich mit ihm spazierengehen wolle, und dann gingen wir in den Starkley-Forst, wo es eine besondere Art von Farnkraut geben soll. Er gab mir einen Riegel Schokolade, und ich aß ihn, und er aß auch einen, aber er aß ihn nicht ganz auf und warf ihn fort, als wir uns hinsetzten, weil wir das Farnkraut nicht finden konnten. Er wollte seinen Hund den Rest der Schokolade nicht fressen lassen. Nach einer Weile fing er an... Und dann sind wir wieder gegangen.»

«Wo warst du, als er dich zum erstenmal ansprach?»

«Auf der Straße bei der Omnibushaltestelle.»

«Er schlug vor, daß ihr zusammen spazierengehen solltet?»

«Ja.»

«War der Hund die ganze Zeit bei ihm?»

«Ja.»

«Hast du vielleicht bemerkt, was für eine Rasse es gewesen ist?»

«Es war ein Spaniel.»

«Du bist ein kluges Mädchen, weil du dich so gut auskennst. Was für eine Farbe hatte er?»

«Er war weiß und braun. Wenn er ihm sagte, er solle sich setzen, folgte er auch nach einer Weile.»

«Wann gab er dir die Schokolade?»

«Als er mich aufforderte mitzugehen, wollte ich eigentlich nicht, aber da gab er mir die Schokolade und ich ging mit.»

«Kannst du mir sagen, an welcher Stelle ihr den Wald betreten habt?»

«Kurz hinter der Bushaltestelle, wo der Weg abzweigt, den man eigentlich nicht benützen darf.»

«Wie weit seid ihr in den Wald hineingegangen?»

«Bis zum Ende von dem Weg. Er sagte, da wären keine Farne, deshalb setzten wir uns hin.»

«Und dann?»

«Dann hat er ... ich wollte nicht. Deshalb packte er mich und schüttelte mich so kräftig, daß es furchtbar weh tat. Und da ... da tat ich, was er wollte, damit er mir nicht mehr länger weh tat.»

«Als alles vorbei war, was hast du dann getan?»

«Ich ging zurück zur Straße.»

«Sagte er irgend etwas?»

«Er sagte, ich sollte es niemandem erzählen, sonst würde mir was Schreckliches passieren.»

«Hast du ihn schon früher einmal gesehen?»

«Nein.»

«Kannst du ihn beschreiben?»

Sie schüttelte den Kopf.

«War er jung oder im mittleren Alter oder schon ein alter Mann?»

«So alt wie Sie.»

«Hatte er ungefähr meine Größe?»

«Er war nicht so groß, und er streckte sein Kinn vor, wie es unsere alte Lehrerin Tatters auch immer tut. Sie hat auch so ein spitzes Kinn.»

«Wie hat er gesprochen? Im Dialekt oder nach der Schrift?»

«Ganz richtig nach der Schrift.»

«Hat er etwas zu seinem Hund gesagt?»

«Dauernd.»

«Dann hast du bestimmt gehört, wie er seinen Hund nennt.»

«Brandy. Sagte, er nennt ihn Brandy, weil er ihn als jungen Hund mal mit Branntwein gerettet hat, als er die Staupe hatte.»

«Sagte er etwas davon, daß er einen Wagen hat?

Hast du beobachtet, wie er zu dem Wald gekommen ist oder ob er mit einem Fahrzeug wieder wegfuhr?»

«Sagte kein Wort darüber. Sagte nur, da wären keine Farnkräuter, die er brauchen könnte wie im Wald von Appleton. Er war ein blöder Kerl.»

Kerry blickte zu Brendon hinüber und vergewisserte sich, daß der Detektivkonstabler alles mitgeschrieben hatte. Brendon mochte vielleicht ein scheinheiliger Bursche sein, aber wenn man ihn für Routineaufgaben verwendete, war er sehr tüchtig.

Kerry fragte sich, ob er das Mädchen bitten könnte, ihn dorthin zu führen, wo sich die Geschichte zugetragen hatte, aber er sah sofort ein, daß er das nicht verlangen konnte. Er dachte ein paar Sekunden nach, erhob sich dann und bemerkte zu Mrs. Yarnby: «Wäre es nicht am besten, wenn Sie das Kind zu Bett brächten und bei ihm blieben, bis Dr. Kipps kommt?»

Mrs. Yarnby stand auf und legte den Arm um die Schultern ihrer Tochter. «Komm mit mir, mein armer Liebling. Komm und lege dich nieder.»

Kerry dachte zuerst, Cynthia würde sich sträuben, aber nach kurzem Zögern stand sie auf. Die beiden verließen den Raum.

Yarnby erhob sich taumelnd von seinem Stuhl und suchte im Geschirrschrank neben dem Spülbecken. Er holte vier Flaschen Bier heraus, öffnete sie und bot sie den Beamten an.

Brendon weigerte sich, eine Flasche zu nehmen.

«Die Flasche ist nicht vergiftet!» sagte Yarnby angriffslustig.

«Ist das Bier im Manne, ist der Verstand in der Kanne», entgegnete Brendon voller Abscheu.

Yarnby trank aus der Flasche, die er in der Rechten hielt. Er setzte sie erst wieder ab, als sie halb leer war. «Keiner hat mir gesagt, was er ihr getan hat», beschwerte er sich.

Kerry erklärte es ihm.

Er leerte die Flasche. «Ich bring' ihn um! Ich zerbreche diesem Halunken die Knochen!»

«Halten Sie den Mund», entgegnete Kerry.

«Das ist doch meine Tochter, oder vielleicht nicht?»

«Um so schlimmer für sie.» Kerry wendete sich an Brendon. «Bleiben Sie hier und empfangen Sie Dr. Kipps, wenn er hier eintrifft. Erklären Sie ihm, was vorgefallen ist, und sagen Sie ihm, daß ich zum Tatort gegangen bin.» Er blickte den Polizisten an. «Wie ist Ihr Name?»

«Campbell, Sir.»

«Gut. Gehen Sie in den obern Stock hinauf und sagen Sie Mrs. Yarnby, sie solle Ihnen alle Kleider mitgeben, die das Kind getragen hat. Bringen Sie sie in die Küche. Wenn wir die Kleider zusammengepackt haben, möchte ich, daß Sie mich in den Wald begleiten.»

«Jawohl, Sir.» Campbell stellte seine Bierflasche beiseite. Während Campbell sich im oberen Stockwerk aufhielt, trank Yarnby noch eine Flasche Bier und suchte dann in dem Geschirrschrank. Er fluchte, als er nichts Trinkbares mehr fand.

Campbell kehrte mit einem Kleiderbündel in die Küche zurück.

«Ich habe alles bei mir, was das Kind getragen hat, Sir.»

«Draußen im Kofferraum meines Wagens sind ein paar Plastiksäcke. Brendon wird Ihnen beim Verstauen der Kleider helfen.» Kerry leerte seine Flasche, als die beiden Beamten die Küche verließen. Er stellte sie auf den Küchentisch.

«Ich werde das Schwein umbringen», lallte Yarnby.

Kerry verließ wortlos das Haus. Es war ja jetzt geradezu Mode geworden, die Schuld eines Übeltäters dessen Eltern zur Last zu legen. Hier war diese Ansicht berechtigt.

Als er seinen Wagen erreichte, waren die Kleider des Mädchens bereits in zwei Plastiksäcken verpackt worden, die man auf den Rücksitz gelegt hatte. Er setzte sich hinter das Lenkrad, Campbell nahm neben ihm Platz, während Brendon in das Haus zurückging.

Sie fuhren durch das Dorf und dann die Landstraße entlang, die von Weiß- und Schlehdornbüschen eingefaßt war, bis links der Wald auftauchte und sie die kleine Parkbucht erblickten, wo sich die Bushaltestelle befand.

Kerry stellte seinen Wagen in der Parkbucht ab. Er stieg aus. «Wo ist der Fahrweg, der in den Forst führt?»

«Nur ein paar Meter weiter, Sir. Die Dorfbewohner beanspruchen ihn als öffentlichen Fahrweg, aber der Besitzer des Waldes ist anderer Meinung. Er hat sogar einmal ein Gittertor vor den Weg gestellt; aber die Leute haben es einfach wieder umgerissen.»

Der etwa drei Meter breite Fahrweg war mit Gras, Kraut und Brombeerranken überwuchert. Daneben schlängelte sich ein kleiner Trampelpfad im Zickzack durch das Unterholz, um den vielen Brombeerzweigen auszuweichen.

Kerry betrachtete den Boden aufmerksam, während sie den Weg entlanggingen. Er hatte noch nichts Bemerkenswertes entdecken können, als sie eine Querschneise erreichten. Die Schneise war sehr breit und erst vor kurzem frisch gerodet worden. Sie war übersät mit abgeschnittenen Farnkräutern, Brombeerranken, Taubnesseln und Weidenröschen.

Kerry steckte die Hände in die Tasche. «Hier in der Nähe muß es passiert sein», sagte er, während er sich langsam umdrehte. Das Kind hatte angegeben, es habe mit dem Mann im Farnkraut gesessen, also mußten sie den Fahrweg verlassen haben. Als er eine halbe Umdrehung vollführt hatte, sah er eine Lücke in dem Gestrüpp von Farnkräutern, die den Rand des Weges markierten. Er näherte sich dieser Lücke von der Flanke her, damit er nicht die Spur kreuzte, auf der sich der Mann und das Mädchen vor einigen Stunden bewegt haben mußten. Als er sich dem Farnkraut näherte, konnte er eine kreisrunde Stelle erkennen, wo die Stengel der Farne niedergedrückt waren. Dort mußten die beiden gesessen haben. Am Rande dieses Kreises sah er etwas, was er von seinem Platz aus nicht deutlich erkennen konnte. Das mußte die Schokoladenrippe sein, von der Cynthia gesprochen hatte.

Er bewegte sich vorsichtig vorwärts, bis er den Punkt erreicht hatte, wo die Spur in die Farnkräuter hineinführte, und hier fand er auch eine Furche im Boden, die so viel Wasser gestaut hatte, daß der Lehmboden feucht geblieben war. In der Mitte dieser feuchten Lehmfurche befand sich der Abdruck einer Schuhsohle, und der Größe nach konnte es sich bestimmt nicht um den Abdruck eines Kinderfußes handeln.

Kerry ging wieder zu der Stelle zurück, wo Campbell auf ihn wartete. «Gehen Sie zur nächsten Telefonzelle und rufen Sie Bilhurst an. Sagen Sie Detektivsergeant Stevens, er soll mit dem Fotografen und vier Polizisten hierherkommen. Ich brauche alle Geräte zur Spurensicherung, Gips und ein paar Handscheinwerfer. Kapiert?»

«Jawohl, Sir.»

«Gut — beeilen Sie sich.»

Der Polizist entfernte sich. Kerry zündete sich eine Zigarette an. Die Aussage des Mädchens ließ vermuten, daß es sich bei dem Täter wahrscheinlich um einen Ortsansässigen handelte, der Farnkräuter sammelte. Wenn das zutraf, würde die Polizei ihn fassen.

Kerry hatte eine altmodische Ansicht über Verbrecher und ihre Bestrafung, eine Ansicht, die sich radikal von derjenigen unterschied, die er zu Beginn seiner Laufbahn unterstützt hatte. Damals glaubte er, jeder Verbrecher würde sich den Erziehungsmaßnahmen der Gesellschaft fügen, wenn diese Erziehungsmaßnahmen menschenwürdig waren. Jetzt war er der Ansicht, daß die Bestrafung eines Verbrechers streng sein mußte, denn nur dann war sie Vergeltung — und die Gesellschaft brauchte die Genugtuung einer Vergeltung, wenn sie nicht das

Gesetz in ihre eigenen Hände nehmen wollte — und Abschreckung zugleich.

Einige Kilometer von dem Ort entfernt, an dem Kerry seinen Gedanken nachhing, richtete Dr. Belgan sich auf und rieb sich eine schmerzende Stelle im Kreuz. Er war einer von den sechs Pathologen, die im Auftrag des Innenministeriums gerichtsmedizinische Gutachten anzufertigen hatten, und war bei weitem der beste Mann in seinem Fach — wenn man Dr. Belgans Selbstzeugnis uneingeschränkt Glauben schenken wollte. Er ging zum Waschbecken und reinigte sorgfältig seine Gummihandschuhe. Dann streifte er sie von den Händen und hing sie zum Trocknen auf. Als er die grüne Schürze auszog, blickte er auf die Uhr. Er entschloß sich zu einem Anruf bei der Polizeistation in der vagen Hoffnung, daß er vielleicht mit einem der leitenden Beamten sprechen konnte.

«Hier spricht Dr. Belgan», sagte er, als die Verbindung hergestellt war. «Ist einer von Ihren Leuten noch da?»

«Der Superintendent ist noch in seinem Zimmer, Sir.»

«Dann verbinden Sie mich mit Mr. Anchor.»

«Superintendent Pallett führt jetzt das Kommando, Sir.»

«Tatsächlich? Zu blöd. Ich wollte doch noch Lebewohl sagen.»

Ein summendes Geräusch, ein Klicken, und dann sagte eine Stimme: «Superintendent Pallett.»

«Dr. Belgan am Apparat.»

«Wer?»

«B-E-L-G-A-N!» antwortete der Doktor gereizt. «Ich habe die Obduktion bei dem jungen Adams vorgenommen.»

«Ah, richtig! Bitte sehr um Entschuldigung, daß ich Sie nicht gleich erkannt habe, Doktor.»

«Ist schon gut», sagte Belgan knapp. «Wo ist der Junge gefunden worden?»

«In dem Teich am Rande des Dorfes, Doktor. Ich

warte schon die ganze Zeit auf einen vollständigen Bericht von meinem Inspektor, aber bis jetzt habe ich noch nichts bekommen. Wie ich schon sagte . . .»

«Schon gut, schon gut . . . Ich habe mir die zusätzliche Arbeit gemacht, auch die Salzhaltigkeit der Lungenflügel zu überprüfen. Tja — der Junge ist in Salzwasser ertrunken.»

«Sind Sie sich dessen ganz sicher?»

«Ich habe nicht die Angewohnheit, etwas zu behaupten, dessen Wahrheitsgehalt Anlaß zu Zweifel geben könnte.» Belgan legte den Hörer nach einigen Sekunden mit größerem Nachdruck auf die Gabel, als es nötig gewesen wäre. Er streifte die Asche von der Zigarette und machte sich nichts daraus, daß die Asche auf den Boden fiel.

3

Im Starkley-Forst war Kerry damit beschäftigt, mit Hilfe eines fünf Zentimeter breiten Streifens aus Blei den Sohlenabdruck auf dem Lehmboden einzufassen.

«Was machen wir mit dem Wasser, Sir?» fragte Detektivsergeant Stevens und zeigte auf den Abdruck des Absatzes.

«Das saugen Sie mit Löschpapier auf», sagte Kerry und drehte sich um. «Bringt das Licht hierher!» rief er.

Ein Polizist brachte eine Lampe und stellte sich zwei Meter von der Stelle entfernt auf, wo der Inspektor am Boden kniete. Kerry wandte sich an den Fotografen, einen Detektivsergeanten.

«Miles, wie viele Aufnahmen haben Sie gemacht?»

«Aus jeder möglichen Richtung, Sir, und noch ein paar dazu.»

«Machen Sie noch ein paar, wenn Stevens das Wasser entfernt hat.»

Miles seufzte. Der Anruf hatte ihn zu Hause erreicht,

als er gerade zum Angeln gehen wollte. Er wartete, bis der Abdruck trocken war, und nahm dann noch sechs Fotografien auf. Sobald er damit fertig war, nahm Kerry das Lineal weg, das neben dem Abdruck auf dem Boden lag, um die genauen Maße des Abdruckes auf der Fotografie festzuhalten. Dann bestäubte er den Abdruck mit Gips. Stevens rührte unterdessen einen Gipsbrei an.

«Füllen Sie den Abdruck mit Gips auf», befahl Kerry. «Einen Zentimeter hoch, dann fügen Sie als Versteifung ein Stück Sackleinwand hinzu.»

Als die Form ausgegossen war, wartete Kerry noch fünf Minuten, ehe er seine Initialen, das Datum und die Uhrzeit in den Gips eingrub, der noch im weichen Zustand war. Er stand auf. «Heben Sie den Abdruck nach einer halben Stunde ab», sagte er.

«Jawohl, Sir», antwortete Stevens gutgelaunt. Ihm machte es offensichtlich nichts aus, daß er schon den ganzen Tag gearbeitet hatte und jetzt noch die halbe Nacht opfern mußte.

Kerry schritt über den Fahrweg zu der Stelle, wo die angebissene Schokoladenrippe auf einem Bogen weißen Papiers lag. Die Abdrücke der Zähne waren deutlich zu erkennen. Man hatte sie bereits fotografiert und auch Gipsabdrücke davon angefertigt. Kerry gähnte, dann steckte er sich eine neue Zigarette an. Konnte er noch etwas vor dem Morgen erledigen? Er ging in Gedanken alle Punkte durch und fand, daß er nichts ausgelassen hatte. Er versuchte sich ein Bild von dem Täter zu machen. Ein typischer Sexualverbrecher? So etwas gab es nicht. Sie konnten groß oder klein, elegant oder schäbig, arm oder reich sein. Trotzdem begann seine Phantasie das Bild eines Mannes in mittleren Jahren zu entwerfen, mit einem teigigen Gesicht, schlechter Körperhaltung, Säcken unter den Augen und zarten Händen, die viel zu sorgfältig manikürt waren. Er zuckte mit den Schultern. Gleichgültig, wie er aussah, sie würden ihn auf jeden Fall fassen.

Später, als es schon stockdunkel war und die Lichtbündel der kräftigen Taschenlampen wie zuckende Irrlichter zwischen den Baumstämmen tanzten, ließ Kerry die Arbeit für diese Nacht abbrechen. Ein Polizist wurde als Wache zurückgelassen, und die übrigen Beamten gingen schweigend zur Landstraße zurück.

Stevens, der die zwei Gipsabdrücke in einer Holzkiste bei sich trug, wandte sich an Kerry, als dieser gerade in seinen Wagen steigen wollte.

«Ich nehme an, wir haben den Waldbesitzer davon unterrichtet, was wir hier treiben, Sir?»

«Gütiger Himmel, nein!» Kerry ärgerte sich, weil er eine so elementare Maßnahme übersehen hatte, und noch mehr darüber, daß ein Untergebener ihn bei einer Nachlässigkeit ertappt hatte.

«Sollte ich ihn nicht morgen früh anrufen und es ihm schonend beibringen, Sir? Der Polizist im Dorf hat mir erzählt, er hat ein Temperament wie ein angeschossener Bär auf Treibjagd.»

«Ja, machen Sie das.» Kerry kletterte in seinen Wagen und fuhr los.

Als er den Wagen in die Garage stellte, wunderte er sich, daß im Schlafzimmer immer noch Licht brannte. Wenn er noch spät abends zu tun hatte, ging Heather gewöhnlich sehr früh schlafen. Heather saß im Bett und las ein Buch. Sie blickte ihren Mann vorwurfsvoll an: «Don, dein Superintendent hat ununterbrochen hier angerufen.»

«Hat er gesagt, was sein Gewissen so sehr belastet?» Kerry setzte sich auf den Bettrand und löste die Schnürsenkel.

«Du sollst ihn in seiner Wohnung anrufen, wenn du noch vor Mitternacht nach Hause kommst. Andernfalls sollst du ihn sofort in aller Frühe anrufen.»

Kerry gähnte. «Also gut. Es ist eben schon nach Mitternacht, und wir wollen ihm süße Träume wünschen.»

«Er war nicht sehr höflich gewesen am Telefon, Don.»

«Hast du mir nicht erst einen Vortrag darüber gehalten, daß man keinen voreilig verdammen soll?»

Heather klappte das Buch zu. «Es gibt eben Leute, die man instinktiv ablehnt. Man mag sie eben nicht.»

«George Titans meint, wenn man das Gefühl hat, ein Mann liegt einem nicht besonders, dann möchte man nur mit seiner Frau anbändeln.» Er zog sich aus.

Um zehn Minuten vor acht, als Kerry gerade seinen elektrischen Rasierapparat anstellen wollte, läutete das Telefon. Heather hob den Hörer ab und kam ihrem Mann auf der Treppe entgegen:

«Der Superintendent, Don.»

«Noch vor den Spiegeleiern mit Speck!» stöhnte Kerry. Er schlenderte nach unten und nahm den Hörer auf. «Kerry am Apparat.»

«Haben Sie meine Nachricht erhalten?»

«Jawohl, Sir. Aber es war bereits nach Mitternacht, als ich nach Hause kam.»

«Das hätte Sie jedoch nicht davon abhalten können, mich heute früh anzurufen, oder?»

«Das wollte ich tun, sobald ich mich angezogen habe.»

«Ah — ich hatte angenommen, daß Sie mittlerweile aufgestanden sein könnten. Kerry, ich möchte wissen, warum Sie mir nicht Bericht erstattet haben.»

«Bericht worüber, Sir?»

«Was sich zugetragen hat. Ich erwarte, davon unterrichtet zu werden, was meine Leute tun.»

«Ich war gestern ziemlich beschäftigt, Sir.»

Man hörte einen Laut, der einem ärgerlichen Brummen glich. «Wie erklären Sie sich die Tatsache, daß der Junge in Salzwasser ertrunken ist?»

Kerrys Stimme drückte Überraschung aus. «Meinen Sie den Jungen der Familie Adams, Sir?»

«Haben Sie noch mehr ertrunkene Jungen gefunden, von denen Sie mir nichts berichtet haben?»

«Nein, Sir», sagte Kerry gereizt.

«Der Polizeiarzt hat mich gestern abend angerufen und mir mitgeteilt, daß der Junge in Salzwasser ertrunken ist. Haben Sie dafür eine Erklärung?»

«Nein, Sir.»

«Sie versicherten mir ausdrücklich, es handle sich um einen Unglücksfall.»

«Jawohl, Sir.»

«Wie weit ist der Teich vom Meer entfernt?»

«Mindestens zwanzig Kilometer.»

«Dann ist etwas faul an dem Unglücksfall, nicht wahr?»

«Offensichtlich, Sir.»

Es entstand eine Pause.

«Was haben Sie gestern abend gemacht, Kerry?»

«Ich habe an dem Fall gearbeitet, der sich im Starkley-Forst zugetragen hat. Notzucht.»

«Sie haben es unterlassen, mir diesen Fall zu melden. Ich habe nur durch Zufall davon erfahren.»

«Ich habe immer nach dem Grundsatz gehandelt, Sir, daß es besser ist, sofort einen Fall anzupacken, als die Zeit damit zu vertrödeln, eine Meldung zu erstatten.»

«Ich würde den Bericht an einen Vorgesetzten nicht gerade als Zeitverschwendung betrachten.»

Wieder entstand eine Pause.

«Sie werden mir sofort Bericht erstatten, sobald Sie heute vormittag in der Dienststelle eintreffen.»

«Sehr wohl, Sir.»

Die Verbindung wurde unterbrochen.

«Nun», sagte Heather, als sie aus der Küche kam, «dein Beitrag zur Unterhaltung war geradezu brillant. Es wimmelte nur so von ‹Sirs›.»

Er lief rot an. «Dieser Bursche ist das Musterbeispiel eines emporgekommenen Speichel . . .» Er unterbrach sich schnell, weil Liz vielleicht in Hörweite sein konnte. «Sie finden ein Vergnügen daran, Mr. Pallett, den Vorgesetzten zu spielen, aber ich spiele nicht die Rolle Ihres Lakaien.»

«Don, das ist geschmacklos und unverantwortlich.»

Er zuckte die Schultern und meinte, daß man vor dem Frühstück nichts Besseres von ihm erwarten könne.

Unmittelbar nach dem Frühstück verließ Kerry das Haus und ging zu Fuß zu seiner Dienststelle, die ja nur anderthalb Minuten von seiner Wohnung entfernt lag. Er betrat das Gebäude durch den Haupteingang und wünschte den Sergeanten und Polizisten vom Dienst einen guten Morgen. An ihren erwartungsvollen Blicken konnte er erkennen, daß sie spürten, wie sich ein Donnerwetter über ihm zusammenbraute.

Er schaute zuerst seine Post durch. Da lagen die tägliche Meldung der gestohlenen Wertgegenstände und Kraftwagen, die üblichen Gesuche um Zeugenvernehmungen, eine in scharfen Worten gehaltene Notiz von Detektivsuperintendent Pointer, daß drei Berichte über Straftaten — Formblatt 35b — nicht an die Zentrale zurückgeleitet worden waren, und zwei Postwurfsendungen. Er warf die Postwurfsendungen in den Papierkorb und ließ die anderen Briefe in einem ungeordneten Häufchen auf seinem Schreibtisch liegen.

Als er keinen Vorwand mehr für einen Aufschub entdecken konnte, marschierte er zum Dienstzimmer des Superintendenten.

Palletts Uniform war nagelneu, und die beiden silbernen Kronen auf den Schulterstücken sahen aus, als hätte man sie mehrere Male mit Silberputz bearbeitet. Die Uniform stand ihm nicht gut, und weil sie an vielen Stellen Falten warf und bauschte, machte er darin eine noch viel schlechtere Figur als in Zivil. Auf dem Gesicht des Superintendenten lag ein Schimmer, als ob es in Schweiß gebadet war, obgleich die Hitze des gestrigen Tages einem bewölkten kühlen Morgen gewichen war.

«Guten Morgen, Mr. Kerry. Setzen Sie sich.» Pallett zeigte auf einen Stuhl vor seinem Schreibtisch.

Kerry setzte sich und war überrascht von der verhältnismäßig freundlichen Begrüßung. Er blickte sich im Zimmer um. Schon machte sich leise ein Anz ichen von

Unordnung bemerkbar, die sich bei Anchor niemals hätte einschleichen können.

«Haben Sie mit Dr. Belgan schon gesprochen, Mr. Kerry?»

«Nein, Sir. Ich dachte, daß Sie mich zuerst sprechen möchten.»

«Richtig, richtig.» Pallett stützte die Ellenbogen auf die Tischplatte und verschränkte die Hände. «Mr. Kerry, ich möchte, daß Sie mich richtig verstehen. Ich werde niemals versuchen, mich in Ihre Abteilung einzumischen, weil ich zu großen Respekt vor Ihren Fähigkeiten habe. Superintendent Anchor hat sich über Sie sehr eindeutig ausgesprochen. Er sagte, Sie seien einer der besten Kriminalinspektoren in der Truppe. Aber Sie müssen auch einsehen, daß ich mich erst hier einleben muß. Deswegen stelle ich Fragen. Nun erzählen Sie mir, Sie hätten sich mit Belgan noch nicht in Verbindung gesetzt.»

«Nein, Sir.»

«Dann tun Sie es. Er hat uns da ein kleines Rätsel aufgegeben. Der Junge ertrank in Salzwasser, aber er wurde in einem Teich gefunden, der kilometerweit vom Meer entfernt liegt. Man kann das ruhig als eine harte Nuß bezeichnen, die wir zu knacken haben, nicht wahr? Sieht so aus, als habe man ihn im Meer ertränkt und dann in den Teich geworfen, meinen Sie nicht auch?»

«Jawohl, Sir.» Kerry war verstimmt über Palletts Verhalten, wußte aber nicht, warum.

«Ich bin überzeugt, Sie werden das in kürzester Zeit erledigt haben. Nun, dieses Sittlichkeitsverbrechen — die Ermittlungen laufen bereits auf vollen Touren, nicht wahr?»

«Wir haben jedes Blatt in dem Wald umgedreht. Wir versuchen gerade, mit der Beschreibung des Hundes den Mann ausfindig zu machen.»

«Üble Sache das. Scheußlich. Ich sage Ihnen ganz offen, Mr. Kerry, wenn ich den Fall bearbeiten würde, würde ich dem Täter keine Gelegenheit mehr lassen, noch so eine

Untat zu begehen. Schließlich sind wir hier, um Befehle auszuführen, ohne Rücksicht auf unsere Gefühle. Ich tue, was der Chef-Superintendent sagt, er tut, was der Polizeipräsident ihm befiehlt, und der Polizeipräsident muß darauf hören, was der Grafschaftsausschuß ihm zu sagen hat. Aber die Leute dort wissen natürlich schon gar nicht mehr, wie ein wirklicher Verbrecher aussieht. — Gibt es sonst noch was?»

«Nur kleinere Sachen, Sir. Das Safe, das im Wald gefunden wurde, haben wir nach Fetley bringen lassen, und Sergeant Stevens berichtete mir, daß man drei Jugendliche im Bezirk ‹W› festgenommen hat. Sie saßen in dem Wagen, der bei dem Schaufenstereinbruch verwendet wurde.»

«Nun — ich danke Ihnen, Mr. Kerry. Halten Sie mich auf dem laufenden, aber vergessen Sie dabei nicht, daß Sie die Ermittlungen führen. Wenn ein Mann Ihrer Erfahrung am Steuer sitzt, braucht man nicht den Kurs zu korrigieren.» Pallett lächelte und sah aus, als glaube er jedes Wort, das er sagte.

Kerry verließ das Zimmer, überquerte den Korridor und klopfte an der Tür des Chefinspektors. Clarke starrte gerade ärgerlich auf die Urlaubsliste, die er in der Hand hielt. Er blickte auf. «Jeder hat für die gleiche Zeit gebeten», sagte er verdrossen.

Kerry nahm sein Zigarettenetui aus der Tasche und bot Clarke eine Zigarette an. «Solange ich meinen Urlaub wunschgemäß erhalte, Sir, kümmere ich mich den Teufel um den Rest der Mannschaft.»

«Es wird nur einen Burschen in diesem Laden geben, der den Urlaub zur erbetenen Zeit erhält, und das bin ich.» Clarke war schon ein bißchen rundlich und machte deshalb den Eindruck, als sei er ein gemütlicher, umgänglicher Mann. Aber sein Charakter stand im Gegensatz zu seinem Aussehen.

Kerry setzte sich vor dem Schreibtisch nieder. «Ich bin gerade vor das Angesicht des großen Mannes gerufen worden.»

«So? — War sicher recht angenehm.»

«Er ließ kein gutes Haar an mir, als er heute früh in meiner Wohnung anrief, und ich erwartete, es würde eine kräftige Strafpredigt setzen. Aber er fiel mir beinahe um den Hals und behandelte mich wie seinen besten Freund.»

Clarke wickelte eine Magenpille aus einem bunten Einwickelpapier aus, steckte sie in den Mund und begann zu lutschen.

«Er ist nicht so wie Anchor.»

«Sie können das ruhig ein paarmal unterstreichen.»

«Bei Anchor wußte man immer, wie man dran war. Aber bei Pallett kennt man sich nicht aus. Man weiß nie, ist er heiß oder kalt, süß oder sauer. Denken Sie an meine Worte: wir werden unsere Inspektion bald nicht mehr wiedererkennen.»

«Hat er sich in Ihre Abteilung auch eingemischt?»

«Er hat sich umgesehen.»

Kerry amüsierte sich im stillen über Clarke, der offenbar entdeckt hatte, wie gefährlich es für ihn sein könnte, wenn er seinen Vorgesetzten offen kritisierte.

Kerry verabschiedete sich und ging die Treppe zu seinem Dienstzimmer hinauf. Er telefonierte mit der Kriminalbereitschaft und ließ sich Figg an den Apparat holen. «Ich möchte, daß Sie alle Personen in Starkley und im Umkreis von zehn Kilometern überprüfen, die sich einen Hund halten. Es handelt sich um das Sittlichkeitsverbrechen.»

«Jawohl, Sir.»

«Stellen Sie die Namen der Personen fest, die eine Hundesteuermarke erhalten haben. Dann beginnen Sie mit der eigentlichen Suche. Wir fahnden nach einem Mann aus gebildeten Kreisen, der einen Spaniel besitzt und das Sammeln von Pflanzen als Steckenpferd betreibt. Der Spaniel hat ein weiß-braunes Fell und hört auf den Namen Brandy.»

«Sehr wohl, Sir.»

«Fragen Sie Chefinspektor Clarke, ob er Ihnen für diese

Aufgabe ein paar Beamte mitgeben kann. Wenn Sie eine Person finden, auf die unsere Beschreibung paßt, erwähnen Sie nur, ich würde einen Besuch bei ihm machen.»

Kerry legte den Hörer wieder auf die Gabel. Eigenartig, daß er sich immer noch nicht schlüssig war, ob Figg das Zeug zu einem Detektiv hatte. Figg war still und so zurückhaltend, daß er den Eindruck erweckte, es mangle ihm an Tatkraft. Bisher hatte er jedoch alle Aufträge zufriedenstellend erledigt.

Dann wählte er die Nummer von Dr. Belgan. «Kerry am Apparat, Doktor. Ich höre, Sie haben uns einen tüchtigen Knüppel zwischen die Beine geworfen?»

«Dafür sind wir vereidigten Pathologen schließlich da. — Kerry, das Kind ist in Salzwasser ertrunken.»

«Keinen Zweifel mehr in diesem Punkt?»

«Nicht den geringsten. Wie ich schon diesem aufgeblasenen Superintendenten, mit dem Sie sich jetzt herumzuschlagen haben, erklärt habe, bin ich mir absolut sicher. Der Salzhaltigkeitsnachweis beweist es. Die linke Herzkammer hatte einen Sättigungsgrad von 575, während die rechte Kammer 450 nicht überstieg.»

«Können Sie mir das in simplen Worten erklären?»

«Wenn die Salzhaltigkeit der linken Herzkammer um 580 herum liegt, ist der Verblichene eben in Salzwasser ertrunken — basta.»

Kerry malte Männchen auf seinem Notizblock. «Können Sie uns nicht weiterhelfen?»

«Nein. Keine Verletzung, nichts. Auch kein Zweifel, daß er zur angegebenen Zeit starb. Nebenbei bemerkt, ich habe vielleicht einen Fehler gemacht.»

«Das wäre ein Wunder, das ich gar nicht glauben kann.»

«Ich war in Eile, und jedermann war so überzeugt, daß der Fall sonnenklar sei, daß ich dummerweise keine Flüssigkeit aus der Lunge oder Luftröhre aufgehoben habe. Wir haben also keine Proben, die wir mit dem Wasser aus dem Teich vergleichen können.»

Kerry ließ den Bleistift auf die Tischplatte fallen.

«Können wir Gewaltanwendung ausschließen?»

«Ich kann Ihnen als Autorität von nicht unbeträchtlichem Ruf versichern, daß nur Ertrinken als Todesursache in Frage kommt.»

«Und das Kind war gestern morgen noch lebendig?»

«Natürlich.»

«Vielen Dank, Doktor! Aber ich frage mich eigentlich, wofür ich mich bedanken soll.»

Kerry hängte ein. Hatte man das Kind im Meer ertränkt, es dann zu dem Dorfteich gefahren und dort ins Wasser geworfen? Aber warum? Und wie kam das Kind denn überhaupt an die Küste, die 20 Kilometer von dem Haus entfernt war?

Er schreckte aus seinen Gedanken, als Stevens in sein Zimmer trat und zwei Plastiksäcke mit Kleidern hereintrug.

«Cynthia Yarnbys Kleider.»

«Holen Sie doch bitte das Brett aus dem Schrank, Stevens.»

Stevens ging an den Wandschrank und entnahm ihm eine weißgestrichene Holzplatte, die ungefähr 150 cm im Quadrat maß. Er legte sie auf einen großen Tisch an der gegenüberliegenden Wand und schüttete dann den Inhalt der beiden Plastikbeutel auf die Platte.

Kerry nahm das schmutzige blaue Baumwollkleid in die Hand und schüttelte es kräftig. Alle Staubpartikel und Erdklumpen, die aus dem Kleid herausfielen, wurden sorgfältig gesammelt und in einem Plastiksäckchen verwahrt. Danach suchte Kerry die Falten des Kleides ab und fand zwei Haare, eines von brauner und das andere von weißer Farbe. «Hundehaare», murmelte er, «oder ich esse einen Besen zum Frühstück!» Die Haare wanderten in ein Glasröhrchen.

Das Telefon läutete. Dr. Kipps war diesmal am Apparat.

«'n Morgen, Kerry. Ich wollte Sie gestern abend nicht mehr mit meinem Bericht belästigen, da nichts Dringendes vorliegt. Das Mädchen wies keine Spuren von Gewaltanwendung auf, abgesehen von einer blutunterlaufenen Stelle am rechten Arm.»

«Das ist sicher die Stelle, wo der Täter sie gepackt hat.»

«Die blutunterlaufene Stelle kann von vielen Ursachen herrühren, natürlich auch von einer Hand, die kräftig zupackte.»

«Wie beurteilen Sie die seelische Verfassung des Kindes?»

«Nichts, was auf einen Schock hindeutet. Ziemlich merkwürdig bei einem Mädchen von zwölf Jahren, das so etwas erlebt hat. Sie schien vor mir mehr Angst zu haben als vor irgend etwas sonst. Nun, in dieser Welt verhält sich ja kein Mensch mehr normal — nur die Statistik.»

«Kann es sich vielleicht um eine Art verzögerten Schock handeln?»

«Dazu kann ich jetzt noch nichts sagen.»

Nachdem das Gespräch beendet war, schritt Kerry im Zimmer auf und ab, und wartete, bis die Kleider wieder in den Plastiksäcken verpackt waren. «Der Doktor meint, das Mädchen zeige wider Erwarten keine seelischen Reaktionen, Stevens.»

«Das Mädchen ist sehr selbstbewußt, Sir.»

«Vielleicht. Trotzdem müssen wir uns diesen Punkt merken. Schaffen Sie diese Kleider ins Laboratorium.»

«Jawohl, Sir.»

«Und lassen Sie den Gipsabdruck, den wir von der angebissenen Schokolade abgenommen haben, von einem Zahnarzt begutachten. Ich möchte seine Meinung darüber hören. Sagen Sie ihm, es handle sich um eine Identifizierung.»

Wie es jeden Tag zu geschehen pflegte, rief ein Reporter von der *Bilhurst Gazette* Chefinspektor Clarke an. «Tut sich bei euch etwas?» fragte der Reporter.

«Wir haben gestern die Leiche eines Jungen gefunden. Er ist ertrunken», antwortete Clarke.

«Oh — ja, das haben wir bereits gemeldet.»

«Ein junges Mädchen wurde gestern abend in Starkley von einem Mann überfallen. Notzucht.»

«Das ist schon besser. Daraus läßt sich vielleicht eine anständige Schlagzeile machen.»

«Hören Sie zu», sagte Clarke hastig, «Sie sollten lieber noch nichts darüber berichten. Wir haben noch gar keine Beweise und . . .»

Detektivkonstabler Brendon schritt die Hauptstraße von Bilhurst gemessenen Schrittes entlang. Er passierte das Odeon-Lichtspieltheater und starrte mit aufrichtiger Entrüstung auf die Dame aus Pappe mit dem üppigen Busen, die in Überlebensgröße vor dem Kassenschalter stand. Das ist das Bild von einer Hure, dachte er und wurde sogleich versöhnlicher gestimmt. Dann wiederholte er den Satz noch zweimal und setzte seinen Weg zum Zahnarzt fort.

Eine junge Dame in einer weißen Kittelschürze öffnete ihm, als er an der Praxistüre läutete. Er starrte auf ihre korallenroten Lippen, ihre lackierten Fingernägel und die grünen Lidschatten. Ich habe noch nie so viel Huren in meinem Leben auf einmal gesehen, dachte er erschrocken.

«Sie wünschen?» fragte die junge Dame ärgerlich, indem sie seinen Gesichtsausdruck irrtümlich als Lüsternheit auslegte.

«Ich möchte gern Mr. Bridges sprechen.»

«Sind Sie zur Behandlung bestellt?»

«Ich bin für viertel elf zu ihm bestellt. Ich bin Detektivkonstabler Brendon.» Er blickte auf seine Armbanduhr und fühlte tiefe Genugtuung, als die Zeiger genau auf zehn Uhr fünfzehn standen.

Mr. Bridges war ein sehr stattlicher Mann. Er trug eine weiße Kappe, eine Gesichtsmaske und einen weißen Mantel. «Guten Morgen — Sie haben etwas bei sich, das ich mir anschauen soll?»

Brendon überreichte dem Zahnarzt den Gipsabdruck, den man von der Schokoladenrippe abgenommen hatte. Mr. Bridges legte ihn auf das Instrumentenbrett neben dem Behandlungsstuhl und bog die Lampe zurecht, damit der Strahl auf den Abdruck fallen konnte. Er nahm den Abdruck vorsichtig in die Hand und untersuchte ihn gründlich. «Sie wollen wahrscheinlich wissen, ob diese Zahnabdrücke besondere Merkmale aufweisen, die zur Identifizierung dienen können?»

«Das ist richtig, Sir.»

«Hier», sagte er, indem er mit langem dürren Zeigefinger gegen den harten Gips klopfte, «haben wir die Abdrücke von den Schneidezähnen, wahrscheinlich vom Oberkiefer. Sie bestehen aus drei Falten, die noch von einer Kerbe geteilt werden, womit wir streng genommen vier Falten haben. Das ist ungewöhnlich, aber natürlich nicht einzigartig.»

«Drei Falten mit . . . was, Sir?» fragte Brendon, der alles in sein Notizbuch schrieb.

«Einer Kerbe.» Bridges drehte den Abguß zwischen den Händen, während er ihn genau studierte. «Sonst gibt es nichts Ausgefallenes oder Charakteristisches mehr daran zu entdecken. Natürlich stammen die Abdrücke von dem Gebiß eines Jugendlichen: die Kerben und Falten schleifen sich nämlich mit der Zeit ab, und mit dem dreißigsten Lebensjahr sind sie in der Regel verschwunden. Aber hier sind sie noch ganz deutlich zu sehen. Nun, damit hätten wir es.»

«Ich danke Ihnen vielmals, Sir.»

«Keine Ursache. Froh, wenn ich helfen kann. Miss Jean, führen Sie den Konstabler hinaus und bringen Sie den nächsten Patienten herein.»

4

Kerry war in seinem Dienstzimmer und befaßte sich gerade mit seinen Schreibarbeiten, als Inspektor Titans eintrat.

«Viel zu tun?» fragte Titans.

Kerry malte eine Unterschrift unter einen Bericht. «Nicht mehr als sonst auch, George. Fünf Leute könnten meine Arbeit in der regulären Dienstzeit gerade noch bewältigen.»

Titans wischte ein Stäubchen Zigarettenasche von seinem Uniformrock und setzte sich. «Ich habe gerade eine geschlagene Stunde bei Pallett ausharren müssen.»

«Mein tiefempfundenes Beileid.»

«Dieser Bursche steckt seine krumme Nase überall dort hinein, wo sie gar nichts zu suchen hat, und macht Dutzende von blödsinnigen Vorschlägen. Er versicherte mir, er habe vollstes Vertrauen in meine Fähigkeiten, und dann ging er dazu über, alles zu zerpflücken, was ich bisher in meiner Dienstzeit gemacht habe. Bei Anchor lief alles präzise wie ein Uhrwerk, und nun sieht es so aus, als ob dieser Hornochse nichts anderes im Sinn hat, als Sand in das Getriebe zu bringen.» Titans rieb sich die Schläfen, wo das Haar sich schon stark lichtete. «Wir waren eine sehr gut eingespielte Mannschaft, erstklassig. Don — das ist vorbei.»

«Das kann doch nicht in so kurzer Zeit in die Brüche gehen, George.»

«Wenn die Mannschaften erst merken, daß sie auf Schritt und Tritt überwacht werden, werden sie renitent.»

«Haben sie Anlaß dazu?»

«Alle Sergeanten wurden zum Alten befohlen, selbst die von den entlegensten Außenposten. Dann haben sie sich einen Vortrag anhören müssen, der sie innerhalb von dreißig Sekunden in einen unzufriedenen Anarchistenhaufen verwandelte.» Titans betrachtete die Fingernägel seiner rechten Hand. «Dazu kommt noch ein anderer Kummer. Auch in einer Zeit, die keine Standesunterschiede mehr kennt, erwarten die Mannschaften keinen Hanswurst an der Spitze, sondern einen Mann wie Anchor.»

«Du meinst. einen Gentleman?»

«Jawohl — wenn ich mit meiner Ansicht vielleicht auch anecke —, es hat einfach etwas für sich.»

Kerry gab keine Antwort. Die Ansicht, daß der Rang eines Menschen etwas mit seiner sozialen Herkunft zu tun habe, lehnte er entschieden ab. Aber das Ansehen, das Anchor auf Grund seiner Herkunft und Erziehung genoß, hatte der Inspektion tatsächlich viele Vorteile gebracht.

«Du bist in einer beneidenswerten Lage», sagte Titans nach einer Weile.

«Freut mich zu hören», sagte Kerry und bot seinem Kollegen eine Zigarette an.

«Deine Abteilung ist so gut wie unabhängig. Wenn du den Anblick von Palletts Visage nicht mehr ertragen kannst, schützt du einfach dringende Geschäfte vor und gehst spazieren.»

«Mit diesem Kram da?» Kerry zeigte auf den Berg von Akten auf seinem Schreibtisch.

Das Telefon läutete. Figg war am Apparat. «Ich habe einen Mann gefunden, der Hamble heißt, einen weißbraunen Spaniel besitzt und in Errington wohnt, Sir. Die Leute haben mir erzählt, er sei ein eifriger Sammler von Pteridophyta.»

«Was für ein Zeug sammelt er?»

«Farne, Sir.» Aus Figgs Stimme war herauszuhören, daß er über die Bildungslücke seines Inspektors befremdet war.

«Warum sagen Sie denn das nicht gleich?»

«Jawohl, Sir.»

«Gut — Sie werden Ihre Nachforschungen fortsetzen, bis die ganze Gegend lückenlos überprüft ist. Aber jetzt begeben Sie sich zum Gasthof ‹Brückenwirt›. Dort warten Sie auf mich. Ich werde in einer halben Stunde dort sein.» Kerry hängte ein und blickte Titans an. «Vielleicht haben wir den Mann schon gefunden, der sich an dem Mädchen vergriffen hat.»

«Wenn du ihn überführst, hoffe ich, daß der Richter nicht so nachsichtig ist wie das letzte Mal.» Titans schüttelte den Kopf und seufzte. «Ja — wenn man ein faules Leben führen will, muß man der Kriminalpolizei beitreten. Alle Probleme werden vom Schreibtisch aus gelöst.»

«Wenn die Probleme so einfach zu lösen sind, George, vielleicht kannst du mir dann erklären, wie ein Kind in Salzwasser ertrinken kann, wenn man es 20 Kilometer von der Küste entfernt in einem Süßwasserteich findet?»

Titans machte eine wegwerfende Handbewegung. «Du wirst feststellen, daß in der Nachbarschaft des Teiches ein Laden ist, und daß der Ladenbesitzer sich ein paar Säcke Salz auf Vorrat hingelegt hat — du weißt schon, zum Einpökeln von Fleisch und so weiter — und das Salz kam mit irgendeinem Zeug in Berührung, wurde verdorben und war nicht mehr zu verkaufen. Um es loszuwerden . . .» Er brach ab, als er den Ausdruck auf Kerrys Gesicht bemerkte. «Sag bloß, daß du noch nicht auf diesen Gedanken gekommen bist!»

«Ich war viel zu beschäftigt, um schon jeder Spur nachgehen zu können», murmelte Kerry.

Als Titans den Raum verließ, machte er noch eine anzügliche Bemerkung, die aber nicht sehr gnädig aufgenommen wurde.

Kerry schritt im Zimmer auf und ab. Salz im Teich war eine so simple Erklärung, daß er sie einfach übersehen hatte. Was für eine Blamage, wenn Pallett ihn auf diese Möglichkeit hätte erst hinweisen müssen!

Er ging sofort in die Kriminalbereitschaft. Detektiv Beard kaute gerade an einem Apfel und studierte die Liste der gestohlenen Fahrzeuge.

«Fahren Sie zu dem Teich», befahl Kerry, «wo der junge Adams ertrunken aufgefunden wurde. Füllen Sie eine Flasche mit dem Wasser aus dem Teich und lassen Sie es analysieren. Fragen Sie in der Nachbarschaft, ob jemand vor kurzer Zeit eine Ladung Salz in das Wasser gekippt hat. Und alles ein bißchen rasch, wenn es gefällig ist.»

«Jawohl, Sir.»

Beard brach auf und fluchte im stillen auf den neuen Superintendenten, der nichts als schlechte Laune um sich zu verbreiten schien. Kerry folgte ihm auf den Hof des Polizeigebäudes, der als Parkplatz benützt wurde. Kerry ließ seinen Morris an. Als er gerade in die Straße einbiegen wollte, sah er Brendon auf dem Gehsteig ihm zuwinken. Kerry kurbelte das Seitenfenster herunter und lehnte sich hinaus. «Haben Sie was?»

Brendon beugte sich zu ihm hinunter. «Ich habe den Zahnarzt aufgesucht, genau um zehn Uhr fünfzehn . . .»

«Keine langen Einleitungen!»

Brendon machte ein beleidigtes Gesicht. «Der Zahnarzt, Sir, ist der festen Meinung, daß die Zähne, die von der Schokolade abgebissen haben, zu einer jungen Person unter dreißig gehören müssen. Das läßt sich an einer charakteristischen Einzelheit erkennen.»

«Die wäre?»

Brendon nahm sein Notizbuch aus seiner rechten Rocktasche. «Drei Falten mit einer Kerbe, Sir.»

«Woher, zum Teufel, soll ich denn wissen, was das bedeuten soll. Die Zähne tun scheußlich weh, wenn man darin herumbohrt, so viel ist mir bekannt.»

«Ich verstehe das so, Sir, daß bei einer jungen Person die Vorderzähne in einer Wellenlinie verlaufen.» Brendon schob seine Oberlippe mit dem Finger hinauf und deutete auf seine oberen Schneidezähne, um zu demonstrieren, was er meinte.

«Die Person ist bestimmt unter dreißig?»

«Jawohl, Sir.»

«Verwahren Sie den Abdruck dort, wo er nicht zerbrochen werden kann», rief Kerry noch, als er schon wieder anfuhr. Brendon ging ihm immer schrecklich auf die Nerven, wegen der selbstgefälligen moralischen Überheblichkeit, die der Detektiv bei jeder Gelegenheit zur Schau trug.

Nach einer Fahrt von vierzehn Minuten erreichte Kerry das Gasthaus «Brückenwirt». Figg wartete bereits auf ihn. Er stand neben dem Wagen des Chefinspektors, den er sich ausgeliehen hatte.

«Schießen Sie los!» sagte Kerry.

«Sein Name ist Hamble, Sir, und er ist als Hundebesitzer registriert. Ich erkundigte mich bei der Post von Errington, wo er wohnt, und die Frau, die hier die Poststelle verwaltet, gab mir erschöpfend Auskunft. Als sie damit fertig war, wußte ich nur eine Einzelheit noch nicht: die Farbe von Hambles Socken.»

«Wo ist seine Wohnung?»

«Man fährt diese Straße hinunter und biegt an der zweiten Seitenstraße links ab. Das Haus heißt ‹Clearway Cottage›. Er ist so etwas wie eine Lokalberühmtheit. Er schreibt, und im letzten Jahr kam etwas von ihm im Fernsehen. Die Frau in der Post sagte mir, es sei so gruselig gewesen, daß sie sich hinterher nicht mehr in ihr Schlafzimmer traute.»

«Dann wollen wir uns gleich auf den Weg zu ihm machen.»

«Clearway Cottage» war schon ein betagtes Haus: ein Sockel aus Natursteinen, rote Backsteinmauern darüber, und obenauf ein steiles Ziegeldach. Das warme Ziegelrot hob sich wohltuend von dem Grün des gepflegten Gartens ab.

Sie gingen zur Haustüre. Kerry klopfte gegen das dunkelgebeizte Eichenholz, aus dem die Türe bestand. Nach kurzem Warten öffnete sich die Türe. Kerry betrachtete prüfend den Mann im Flur, dessen Kopf ihm gerade bis zu den Schultern reichte. Der Mann hatte einen wallenden Bart, der die Umrisse seines fliehenden Kinns nicht ganz verbergen konnte. Sein Mund war eine Spur zu voll. Er war fast vollständig kahl, und seine spitzen Faunsohren waren eine Idee zu groß. Er trug ein grünes Sommerhemd, violette Kordhosen und offene Sandalen. «Mr. Hamble?» fragte Kerry.

«Der bin ich.» Hambles Stimme war leise, und er verschluckte die Silben beim Sprechen, als ob er gerade ein Bonbon lutschte.

«Ich bin Detektivinspektor Kerry. Dieser Mann hier ist Detektivkonstabler Figg. Wir würden uns gern mit Ihnen unterhalten.»

Hamble blickte sie beide ein paar Sekunden lang an, ehe er die Tür weiter öffnete. «Bitte, kommen Sie herein.» Er führte sie in ein Wohnzimmer, dessen Decke und rechte Seitenwand mit Eichenholz verkleidet waren. Auf dem gekachelten Boden lag eine sehr schöne persische Gebetsmatte.

«Darf ich Ihnen etwas zu trinken anbieten?» fragte Hamble mit kühler Höflichkeit.

«Vielen Dank.»

«Was möchten Sie? Ich kann Ihnen so ziemlich alles anbieten.» Er deutete auf zwei Stühle mit geschweiften Rückenlehnen. «Setzen Sie sich doch.»

«Ein Bier würde mir zusagen.»

«Ja, das wäre nett, Sir», stimmte Figg seinem Inspektor bei. Hamble schritt zu einer hohen, sehr geschmackvoll gearbeiteten Barvitrine hinüber. Er schenkte das Bier in zwei in Zinn gefaßte Glaskrüge ein, reichte diese den Detektiven und goß sich dann selbst ein Glas Wermut ein. «Zum Wohle», sagte er, als er sein Glas hob.

Sie tranken.

«Wo drückt die Polizei der Schuh?» fragte Hamble dann. Er strich langsam mit dem Zeigefinger und Daumen über seinen Bart, eine Bewegung, die er mechanisch wiederholte.

«Vielleicht können Sie uns sagen, ob Sie einen Hund besitzen, Sir, einen Spaniel vielleicht?»

Als prompte Antwort auf diese Frage ertönte ein

heftiges Kläffen hinter dem Haus. «Ich sperre ihn immer in den Schuppen ein, wenn ich Besucher habe. Er regt sich immer so auf.»

«Was für eine Farbe hat das Fell?»

«Weiß und rotbraun. Aber ich darf doch annehmen, daß Sie nicht meines Hundes wegen zu mir gekommen sind?»

«Ich werde Ihnen gleich alles erklären. Sammeln Sie vielleicht auch Farnkräuter?»

«Mein lieber Inspektor, Sie scheinen sich ja gründlich mit meiner Person befaßt zu haben!» Hamble lächelte und zeigte dabei ein paar schiefgewachsene Vorderzähne.

«Sie sammeln also Farnkräuter?»

«Ich interessiere mich sehr für diese Gewächse.»

«Das gibt Ihnen sicher Gelegenheit zu ausgedehnten Spaziergängen.»

«Durchaus. Aber ich möchte betonen, daß ich dabei keinen Flurschaden anrichte. Wenn ich ein Exemplar einer seltenen Gattung finde, lasse ich es *in situ*, sozusagen auf dem Stengel. Ich habe erst kürzlich eine Kolonie der Familie Asplenium Marinum entdeckt, die äußerst interessant ist und von der einige sehr von sich überzeugte Experten kategorisch behauptet haben, sie könne in dieser Gegend überhaupt nicht gedeihen, weil der Boden nicht die richtige Zusammensetzung aufweise. Meine Erfahrung hat mich darin bestärkt, allen Experten zu mißtrauen.»

Kerry sprach sehr höflich und unbefangen: «Haben Sie gestern abend einen Spaziergang unternommen, um nach Farnen zu suchen?»

«Allerdings.»

«Vielleicht sind Sie dabei auch in den Starkley-Forst gegangen?»

«Das ist es also!» Hamble lachte schrill. «Man hat mich dort gesehen und angezeigt! Ich möchte Ihnen hiermit erklären, daß meiner wohlbegründeten Meinung nach der Fahrweg in dem Forst ein öffentlicher Weg ist und deshalb mir oder jedem anderen Bürger dieses Landes zur Benützung offensteht.»

«Ist ein junges Mädchen mit Ihnen gegangen?»

Hamble leerte sein Glas. «Sehr zu meinem Bedauern und Ärgernis hat ein Mädchen mir ihre Begleitung geradezu aufgedrängt.» Er zwinkerte heftig. «Wollen Sie mir bitte mitteilen, was das Mädchen mit dieser Angelegenheit zu tun hat?»

«Ein Mädchen, das gestern mit einem Mann im Starkley-Forst einen Spaziergang machte, hat eine Anzeige erstattet.»

«Was für eine Anzeige?»

«Sie behauptet, daß der Mann sie zu einer unsittlichen Handlung gezwungen habe.» Kerry beobachtete Hambles Gesichtsausdruck, als er diese Handlung ausführlich beschrieb. Er bemerkte, wie Hambles Gesicht dunkelrot anlief und seine Augen hervortraten. Schließlich fiel Hamble ihm mit schriller Stimme ins Wort: «Sie haben nicht das Recht, hierherzukommen und mir solche gräßlichen Anschuldigungen ins Gesicht zu schleudern!»

«Wir müssen jeder Anzeige nachgehen.»

«Aber hierherzukommen ... ich habe dem Kind nichts getan, gar nichts! Haben Sie mich verstanden?» Er eilte an die Barvitrine und goß sich ein großes Glas Whisky ein. Als er das Glas hob, zitterten seine Hände. «Wie kann ein Mädchen nur so abscheulich sein?» schüttelte er sich.

Kerry hob schweigend die Schultern.

«Ich war es nicht.»

«Aber Sie gingen doch mit ihr zusammen in den Wald?»

«Und wenn schon?» Hamble trank das Glas leer und goß sich zum zweiten Male ein. Die Flasche schwankte so sehr, daß er den Whisky verschüttete.

«Würden Sie uns vielleicht den Hergang schildern?» fragte Kerry.

«Ich habe sie nicht angerührt.»

«Sie ist mit einem Mann spazierengegangen, und die

Beschreibung dieses Mannes paßt auf Sie.» Nur den Bart hatte sie nicht erwähnt; warum hatte sie den vergessen? überlegte Kerry.

«Was kümmert mich das, was das Mädchen daherredet?»

«Wie kam es dazu?»

«Es kam zu nichts, nichts! Verstehen Sie denn das nicht?»

«Hatten Sie Ihren Hund bei sich?»

«Ich nehme Brandy immer mit.» Hamble brachte es endlich fertig, sein Glas zu füllen. «Ich wollte nach einer hybriden Art der Polypodium Vulgare suchen, die, wie Harmer behauptet, sich in zwei Stengel über dem ersten Blattständer verzweigt, und als ich gerade die Straße entlangging, kam dieses abscheuliche Mädchen auf mich zu und fragte nach der Uhrzeit.»

«Sie hat zuerst gesprochen?»

«Natürlich. Sie glauben doch nicht etwa, daß ich sie von mir aus angesprochen hätte, oder?»

Er weint beinahe vor Furcht und Wut, dachte Kerry mit einem spontanen Gefühl des Mitleides, das ihn überraschte. Falls Hamble wirklich schuldig war, verdiente er jede Strafe, die das Gesetz für so ein Verbrechen vorsah, obgleich er vielleicht von einem Zwang getrieben worden sein mochte, der mächtiger als er gewesen war. «Sie behauptete, Sie hätten Sie zuerst angesprochen.»

«Aber ich will Ihnen doch dauernd verständlich machen, daß sie lügt. Ich mag keine Mädchen. Ich verstehe sie überhaupt nicht.»

Zu jeder anderen Zeit hätten Hambles Worte und seine Mimik komisch gewirkt. «Wenn Sie Mädchen nicht mögen, warum haben Sie dann dieses Mädchen auf einem Spaziergang mitgenommen?»

«Weil sie so einen verlassenen Eindruck machte. Ich war einfältig genug, sie zu bedauern. Und nun sehen Sie, was für eine Bescherung daraus geworden ist.»

«Sie gingen zusammen in den Wald?»

«Wir gingen zusammen den Fahrweg entlang. Ich

habe die anderen Winkel des Forstes schon nach der erwähnten hybriden Gattung abgesucht, sie aber nirgends gefunden. Diesmal hatte ich mich für die Schonungen in der Nähe des Fahrweges entschieden. Ich hatte mir eine kleine Tafel Schokolade gekauft, aber das Mädchen behauptete, sie sei hungrig, so daß ich ihr die Schokolade überlassen habe. Und während der ganzen Zeit redete sie wie ein Wasserfall. Sie sagte, sie habe eine ganz bestimmte Reise vor.»

«Was für eine Reise?»

«Ich habe nicht die leiseste Ahnung. Ich suchte die Einsamkeit, und alles, was ich fand, war dieses geschwätzige Wesen. Schließlich konnte ich es nicht mehr länger ertragen, machte einfach wieder kehrt und ging zur Straße zurück, um das Mädchen loszuwerden.»

«Haben Sie sich am Ende des Fahrweges hingesetzt?»

«Ja, ein paar Minuten.»

«Während Sie dort saßen, haben Sie das Kind bedroht?»

«Nein.»

«Haben Sie es am Arm gepackt und so lange geschüttelt, bis es tat, was Sie von ihm verlangten?»

«Nein, wie abscheulich! Natürlich nicht!»

«Sie bestreiten also, daß Sie das Kind zu einem unsittlichen Akt gezwungen haben?»

«Selbstverständlich leugne ich das. Ich versuche Ihnen das schon die ganze Zeit klarzumachen.»

«Wissen Sie mir dann vielleicht eine Erklärung zu geben, wie das Mädchen, wenn Sie die Wahrheit sagen, zu diesen Anschuldigungen kommen konnte?»

«Sie muß verrückt sein.»

«Sind Sie verheiratet?»

«Nein.» Erst, als die Antwort schon heraus war, begriff Hamble, was für Schlüsse in diesem Fall daraus gezogen werden konnten.

Kerry stand auf. «Ich danke Ihnen sehr.»

«Aber . . . aber werden Sie denn nicht . . .?»

«Sie werden doch sicher Verständnis dafür aufbringen, daß wir später noch Fragen an Sie zu richten haben?»

Als die Detektive aufbrachen, blieb Hamble bei seinem Barschrank stehen. Sein Gesicht war eine Grimasse der Verzweiflung.

Kerry und Figg schritten an blühenden Blumenbeeten entlang, die doppelt willkommen waren nach all den Abscheulichkeiten, mit denen sich ihre Ermittlungen befassen mußten.

«Was halten Sie von dem Mann?» fragte Kerry.

Figg machte in betroffenes Gesicht. Es war sehr ungewöhnlich, daß der Kriminalinspektor einen Untergebenen um die Beurteilung eines Verdächtigen bat.

«Eigenartiger Bursche, Sir. Läßt den Künstler heraushängen.»

«Was ihn, so unlogisch das auch klingen mag, sofort zu einem Verdächtigen stempelt?»

«Meiner Meinung nach ja, Sir.»

Kerry öffnete die Wagentüre seines Morris und lehnte sich darauf. «Wir müssen zwei Tatsachen fest im Auge behalten: Sie hat nie den Bart erwähnt, und man sollte annehmen, das wäre das auffallendste Merkmal an ihm. Sie hatte einen guten Appetit, als sie nach Hause kam, obgleich man erwarten sollte, sie würde vor Aufregung keinen Bissen hinunterbringen. Und es ist so gut wie erwiesen, daß sie die Schokolade gegessen hat und nicht er.»

«Was die Aufregung anlangt, Sir: war das Erlebnis wirklich so schlimm, um ein abgebrühtes Gemüt aus dem Gleichgewicht zu bringen?»

«Das kann ich nicht sagen, Figg. Aber sie muß ziemlich abgebrüht sein, wenn man sich die Umwelt vorstellt, in der sie aufwächst.»

«Sie hatte einen verletzten Arm, nicht wahr?»

«Ja», sagte Kerry nachdenklich, «den hatte sie.»

5

Als Kerry wieder in der Polizeiinspektion eintraf, wurde er zum Superintendenten zum Rapport gebeten.

«Haben Sie überhaupt etwas zu tun?» fragte Pallett in einem kindischen Ansatz von Humor. Er erkannte allerdings sofort die Unschicklichkeit seiner Bemerkung und fuhr hastig fort: «Setzen Sie sich, Mr. Kerry, und bedienen Sie sich.» Er bot Kerry eine Schachtel Zigaretten an. «Ich habe schon immer gesagt, daß nur die Kriminalpolizei von sich behaupten darf, daß sie wirkliche Arbeit leiste. Nehmen wir zum Beispiel Mr. Parkes — Sie kennen ihn sicher, er war Chefkriminalinspektor in meiner früheren Dienststelle —: niemals einen Tag frei in der Woche, keine Sekunde Pause am Tag. Hatte seine Abteilung immer in tadellosem Zustand, obgleich das natürlich für Sie auch gilt. Nun, Mr. Kerry, ich dachte, wir könnten uns ganz allgemein über Ihre Angelegenheiten unterhalten.»

«Ja, Sir?»

«Ich bin ein bißchen beunruhigt. Ich habe gehört, Sie versäumten es, Dr. Belgan darum zu bitten, eine Probe von dem Wasser im Magen des ertrunkenen Jungen zurückzubehalten?»

Wie, zum Teufel, hatte Pallett das nur erfahren können, dachte Kerry. Nicht von Belgan, so viel war sicher. «Ich fürchte, das stimmt, Sir.»

«Das war ein wenig nachlässig, nicht wahr?»

«So kann man es nennen, Sir.»

«Verstehen Sie mich richtig, Mr. Kerry: ich will Sie nicht kritisieren. Aber Sie würden dann sofort zu dem Schluß gekommen sein, daß Salz in den Teich geschüttet worden ist.»

«Dann ist also ein derartiger Bericht eingegangen?»

«Dem Besitzer eines Kolonialwarenladens verdarb sein ganzer Vorrat an Salz durch einen auslaufenden Benzinkanister. Deshalb schüttete er das Salz einfach in den Teich.»

«Hat Mr. Beard diesen Bericht erstattet, Sir?»

«Ich begegnete ihm auf dem Weg zur Polizeistation und fragte ihn, wo er gewesen sei.»

«Wäre es nicht besser gewesen, Sir, wenn der Mann mir den Bericht zuerst erstattet hätte?»

«Als Superintendent, Mr. Kerry, muß ich wissen, was in meinem Befehlsbereich vorgeht. Ich bin überzeugt, Sie werden nichts einzuwenden haben, wenn ich mich ein bißchen umsehe, um auf dem laufenden zu bleiben, oder?»

«Ich würde es vorziehen, wenn die Berichte von mir an Sie weitergegeben werden, Sir.»

«Nun, nun, ich wollte Ihnen ja nicht auf die Zehen steigen. Wie steht es mit der Sache in Starkley?»

«Ich habe Mr. Hamble vernommen, Sir.»

«Wer ist das?»

«Ich dachte, das wissen Sie bereits?»

Pallett lächelte, aber seine Augen blieben kalt.

«Was ist vorgegangen?»

«Hamble hat zugegeben, daß er mit dem Mädchen in den Wald gegangen ist.»

«Hat er das! Sie haben den schmutzigen kleinen Kerl doch hoffentlich verhaftet, oder?»

«Nein, das habe ich nicht.»

«Warum nicht?»

«Er leugnet, das Mädchen belästigt zu haben.»

«Natürlich! Was haben Sie denn erwartet?»

«Er sagte, sie begleitete ihn auf der Suche nach einer bestimmten Art von Farnkraut, und sie redete so viel, daß er ihrer Gesellschaft bald überdrüssig wurde. Er verneint, in irgendwelcher Form die Schicklichkeit verletzt zu haben.»

«Ich nehme doch an, Sie haben ihn gefragt, wie sich ein so junges Mädchen eine derartige Geschichte zusammendichten kann.»

«Jawohl, Sir.»

«Was hatte er darauf zu sagen?»

«Er versuchte erst gar nicht, eine überlegte Antwort zu geben.»

«Was hält Sie also zurück, den Mann zu verhaften?»

«Ich will herausfinden, warum das Mädchen behauptete, Hamble habe von der Schokolade gegessen und sie dann fortgeworfen, während wir wissen, daß sie es gewesen ist — natürlich brauchen wir erst noch den Abdruck ihrer Zähne zum Vergleich, um das beweisen zu können. Noch etwas gibt zu denken: als sie den Täter beschrieb, erwähnte sie seinen Bart mit keiner Silbe.»

«Trotzdem können Sie ihn jetzt schon verhaften.»

«Das glaube ich nicht, Sir. Wo ist die Bestätigung durch Indizien oder Aussagen, daß die Angaben des Mädchens der Wahrheit entsprechen?»

«Wenn wir voraussetzen, daß das Mädchen unter Eid vor Gericht aussagt, benötigen wir keine anderen Beweismittel zur Bestätigung ihrer Aussage. Abgesehen davon, wie erklären Sie sich die blutunterlaufenen Stellen an ihrem Arm? Und machte sie nicht sofort eine Anzeige, als sie nach Hause kam?»

«Ihre Anzeige kann nicht als Beweis ihrer Aussage dienen, Sir. Sie kann nur die Glaubwürdigkeit ihrer Geschichte erhärten.»

«Wirklich erfreulich, Kerry, daß man mal einem Detektivinspektor begegnet, der sich im Gesetzbuch auskennt.» Pallett öffnete eine Schublade und holte ein Notizbuch heraus.

Kerry gab keine Antwort.

«Also gut. Lassen Sie mich wissen, was vorgeht. Bis ich hier richtig Fuß gefaßt habe, möchte ich gern das Gefühl haben, daß Sie mir nach bestem Vermögen helfen.»

«Jawohl, Sir.» Kerry stand auf.

Pallett blickte hoch. Er lächelte. «Ich schätze Ihre Einstellung, Mr. Kerry. Sie sind von dem überzeugt, was Sie denken, und Sie verteidigen Ihre Überzeugung mit großer Hartnäckigkeit. Ich habe schon immer gesagt, daß ich einen Mann bewundere, der für seine Überzeugung durchs Feuer geht.»

Als Kerry sich verabschiedete, fragte er sich, ob der Superintendent diese letzte Bemerkung ehrlich gemeint habe. Es ärgerte ihn, daß er die Antwort nicht wußte.

Als Kerry nach Hause kam und in das Wohnzimmer trat, blickte Heather ihn nur mit stummem Vorwurf an. Den «Märtyrerblick» nannte er das, wagte allerdings nie, ihr gegenüber diesen Ausdruck zu gebrauchen.

«Ich habe das Abendessen pünktlich für sieben Uhr vorbereitet.»

«Ich weiß ja, Liebling.» Das war eine Lüge. Denn wenn sie ihm tatsächlich gesagt hatte, wann das Abendessen fertig sein würde, hatte er es total vergessen.

Liz wendete einen Augenblick ihre Augen vom Fernsehschirm ab. «Ich bin so hungrig, daß es in meinem Bauch dauernd rumort.»

«Junge Damen haben keine rumorenden Bäuche», sagte Heather.

«Was haben sie dann?» Ein Blick ihrer Mutter belehrte Liz, daß sie sich lieber auf das Fernsehprogramm konzentrieren sollte.

«Scheußlich viel Arbeit», sagte Kerry, «und zum erstenmal habe ich das dringende Bedürfnis, ein Glas Whisky zu trinken.» Er ging zum Büfett, besann sich dann aber: «Oder brennt das Essen inzwischen an?»

Heather lächelte. «Auf zehn Minuten mehr oder weniger kommt es jetzt auch nicht mehr an.» Sie setzte sich. «Wie gewöhnt sich der neue Chef ein?»

«Die meiste Zeit benimmt er sich so, wie ich es von ihm erwartet habe. Gott sei ihm in der kommenden Welt gnädig! Dann tut oder sagt er plötzlich etwas, das in mir Zweifel weckt, ob ich ihn nicht doch verkehrt einschätze.»

«Das klingt alles sehr verworren.»

«Ist es auch. Er ist ganz unberechenbar. Ich bin schon so weit, daß ich am liebsten einen Psychiater konsultieren möchte. Entweder das, oder ich verfalle dem Alkohol. Also will ich zuerst den Alkohol probieren.» Er holte eine Flasche Sherry aus dem Büfett und füllte zwei Gläser für Heather und sich und ein halbes Glas für Liz.

«Hast du den Mann gefunden, nach dem du gesucht hast?» fragte Heather.

«Wenn du den Mann meinst, der in die Geschichte von Starkley verwickelt ist, lautet die Antwort ja.»

«Was ist es für ein Mann?»

«Stelle dir einen kahlen Ziegenbock vor mit einem grünen Sporthemd, violetten Kordhosen und offenen Sandalen, der sich gewählt ausdrückt.»

«Also ein schleimiger Charakter?»

«Stimmt.»

«Dann hast du ihn also verhaftet?»

Kerry schüttelte den Kopf. «Nicht, weil ich ihn so sympathisch finde, sondern weil das Mädchen ein bißchen geschwindelt hat. Ich muß erst herausfinden, weshalb.»

«Darf ich jetzt die Schokolade aufessen, die uns Tante Fran geschenkt hat?» fragte Liz plötzlich.

«Nicht, wenn du dein Glas Sherry austrinken willst», antwortete Kerry streng. «Wir können es uns zwar nicht leisten, Feinschmecker heranzuziehen, aber wir können dir wenigstens einen guten Geschmack beibringen.»

Noch in jener Nacht, am Mittwoch, dem 15. Juli, um 23 Uhr 47, wurde die Feuerwehr von Bilhurst alarmiert. Sobald die Mannschaft der Freiwilligen Feuerwehr vollzählig im Feuerwehrhaus versammelt war, wurden zwei Löschzüge in Marsch gesetzt. Sie rasselten in südlicher Richtung über den Marktplatz, den purpurroten Widerschein des Feuers am Nachthimmel als Orientierungspunkt benützend, und suchten dann den kürzesten Weg im Labyrinth der schmalen Straßen, bis sie schließlich dort, wo die Häuserzeilen endeten, ein Gebiet erreichten, das vor fünf Jahren zum Industriebezirk erklärt worden war. Hier hielten sie im Vorhof eines Fabrikgebäudes, das bereits lichterloh brannte.

Viele neugierige Zuschauer hatten sich schon versammelt, die von einem uniformierten Polizeisergeanten zurückgedrängt wurden, während die Schläuche ausgerollt und an die Hydranten angeschlossen wurden.

Ein Wagen kam mit kreischenden Bremsen zum Stehen. Brandmeister Awcott sprang heraus. Der rangälteste Feuerwehrmann meldete: «Wir sind sofort einsatzbereit.»

Awcott ging mit raschen Schritten um das langgestreckte Gebäude herum und versuchte sich von der Stärke des Feuers ein Bild zu machen. Das Rauschen der Flammen wurde immer kräftiger, Feuergarben züngelten empor. Awcott beschloß, die Feuerwehrhauptwache in Caithone anzurufen, um noch zwei Löschzüge anzufordern. Er kehrte zu seinem Wagen zurück und schaltete das Funksprechgerät ein.

Ein Fenster im zweiten Stock des Fabrikgebäudes zersplitterte, und Flammen schlugen durch die Öffnung. Sie vereinigten sich zu einer kräftigen Lohe, die einen sprühenden Funkenregen in die Nacht hinaussandte. Eine dicke schwarze Rauchglocke hing über dem Fabrikschornstein, bis der Südwind sie zu einer langen Fahne zerteilte und nach Norden davontrieb.

Wasserfontänen sprühten in das Feuer, spritzten durch Fensteröffnungen, besprühten die Außenwände des Gebäudes und die Mauern der angrenzenden Fabrik, die dreißig Meter weit entfernt war.

Awcott gab der Hauptwache einen neuen Bericht durch. Er meldete, daß das Feuer das ganze Gebäude bereits erfaßt habe und seine Leute nicht mehr tun konnten, als ein Übergreifen des Brandes auf die Nachbargebäude zu verhindern.

Ein Teil des Daches brach ein. Eine riesige Flamme leckte empor, ein knisternder Funkenregen ergoß sich auf den Hof, begleitet von einem dumpfen Geknatter. Dann sank die Flamme wieder in sich zusammen.

Ein Wagen passierte jetzt die Kontrolle der Polizisten und bog in den Vorhof ein. Branddirektor Weit stellte seinen Wagen neben dem Auto des Brandmeisters ab und betrachtete dann eine Weile kritisch das Feuer. Dann kletterte er über ausgelegte Schläuche, um die Stelle zu erreichen, wo Awcott die Brandbekämpfung leitete.

«Brennt ausgezeichnet», meinte Weit. Er mußte laut schreien, um sich verständlich zu machen.

«Brennt wie Zunder», antwortete Awcott. «Als ich herkam, brannte sie schon an allen Ecken. Zwei Brandherde, Sir.»

«Zwei?»

«Ja, Sir.»

Wieder fiel ein Teil des Dachstuhles in sich zusammen.

«Wissen Sie das ganz bestimmt?» schrie Weit.

«Als ich hier eintraf, brannte die Fabrik hier und am entgegengesetzten Ende. In der Mitte war eine Stelle, wo sich die Flammen noch nicht vereinigt hatten.»

Weit starrte auf das brennende Gebäude. «Sie meinen, jemand hat gezündelt?»

«Ich kann mich dazu noch nicht äußern, Sir. Dazu ist es noch zu früh.» Awcott unterbrach ihre Unterhaltung, um ein paar Befehle zu erteilen. «Ich traf zehn Minuten nach dem Alarm hier ein, aber ich konnte schon beim ersten Blick sehen, daß es bereits zu spät war. Ein Dutzend Löschzüge hätten das Gebäude auch nicht mehr retten können.»

Weit steckte die Hände in die Taschen und kniff die Augen zusammen. «Wer ist der Beauftragte für die Feuerverhütung?»

«Ich, Sir.»

«Machen Sie eine Meldung.»

«Jawohl, Sir, das hätte ich sowieso getan.»

Der Inspektor vom Nachtdienst in der Polizeiinspektion Bilhurst schlenderte in den Wachraum hinüber und stützte die Ellenbogen auf das Pult. Er blickte zur elektrischen Uhr hinauf und stellte fest, daß er immer noch sechs Stunden Dienst vor sich hatte. Er gähnte.

«Kann ich Ihnen einen Trinkbecher mit Kakao anbieten, Sir?» fragte der Sergeant vom Dienst, der gerade aus dem Waschraum kam.

«Wollen Sie mir einen Darmverschluß anhängen? Ich nehme Tee, wenn Sie den anzubieten haben, sonst nichts.»

«Sie wissen eben nicht, was gut für Sie ist.»

«Und Sie wissen eben nicht, was für ein Zeug Sie da trinken. Kein Wunder, daß die Marine so heruntergekommen ist, wenn man die Matrosen gezwungen hat, dieses Gift zu schlürfen.»

Der Sergeant, der vierzehn Jahre bei der Marine gedient hatte, lächelte. «Ich werde jemanden von den Leuten losschicken, um Ihnen eine Kanne Tee zu besorgen.»

«Das ist sehr vernünftig. — Wie steht es mit dem Feuer?»

«Immer noch lichterloh, so lautete die letzte Meldung. Es soll schlimmer sein als der Großbrand vor vier Jahren in dem Möbellager am Markt.»

«Kein Anruf für uns, der Anlaß zur Beunruhigung gibt, oder?»

«Nicht, was das Feuer betrifft, Sir. Etwas anderes, was ich Ihnen melden sollte.»

«Das wäre?» Der Inspektor gähnte wieder.

«Konstabler Ewebank hat sich noch nicht zurückgemeldet. Er sollte um Mitternacht abgelöst werden. Er hatte die Runde im Fabrikgelände.»

«Er wird sich den anderen angeschlossen haben, um das Fabrikgelände abzusperren.»

«Ich habe drei Leute von der neuen Wachschicht hingeschickt, um die anderen abzulösen. Die abgelösten Leute haben sich bei mir bereits zurückgemeldet — nur Ewebank nicht.»

«Und keiner der Leute hat Ewebank gesehen?»

«Nein, Sir.»

Der Inspektor, der vom Heuschnupfen geplagt wurde, bekam einen Niesanfall. Es dauerte eine Weile, ehe er die nächste Frage stellen konnte. «Sieht aus, als ob wir was unternehmen sollten.»

«In Ordnung. Ich werde Konstabler Dracks losschicken.»

«Gut. Sagen Sie ihm, er soll sich mit dem Kommandoführer der Feuerwehr unterhalten, um herauszufinden, was die sich für Gedanken über das Feuer machen.»

Der Inspektor vom Nachtdienst saß in seinem Dienstzimmer und wollte gerade eine Tablette gegen Heuschnupfen einnehmen, als das Telefon läutete. Er hob den Hörer ab. «Inspektor vom Dienst!»

«Sergeant Pierce spricht, Sir. Konstabler Dracks ist zurückgekommen.»

«Und?»

«Kein Lebenszeichen von Ewebank weit und breit, Sir.»

«Wie gründlich hat Dracks nachgeforscht?»

«Er ging den ganzen Weg ab, der für die Runde vorgeschrieben ist, und sprach mit den Leuten, die gerade im Dienst sind. Player sollte Ewebank ablösen, hat aber weder etwas von ihm gehört noch gesehen.»

«Wie viele Leute können wir für eine Suchaktion einsetzen?»

«Vier Beamte, Sir. Wir können zwei Leute vom nächsten Revier als Verstärkung anfordern.»

«Das bleibt Ihnen überlassen. — Was gibt es über das Feuer zu berichten?»

«Es ist unter Kontrolle, Sir. Kann sich nicht mehr weiter ausdehnen; aber von der Fabrik selbst werden nur vier Außenmauern übrigbleiben.»

Der Inspektor legte den Hörer auf. Er hoffte zu Gott, daß die Suchaktion Erfolg haben möge. «Scheußlich», murmelte er, «ich darf nicht daran denken . . .»

6

Kerry las die Zeitung immer beim Frühstück, obwohl Heather ihn schon oft deswegen getadelt hatte, weil er Liz damit ein schlechtes Beispiel gebe. Er wollte gerade den letzten Bissen Spiegelei und Speck zum Munde führen, als er fluchte und die Gabel fallen ließ.

«Don!» sagte Heather vorwurfsvoll.

Liz kicherte, hörte aber sofort auf, als sie den zornigen Blick ihrer Mutter sah.

«Woher, zum Teufel, haben die Burschen sich das Material besorgt?» fragte Kerry kopfschüttelnd.

«Wovon redest du?»

«Sie berichten von dem Fall, der in Starkley passiert ist, und sie haben viel mehr gebracht, als sie wissen dürfen. Da steht etwas über einen ortsansässigen Schriftsteller, der der Polizei bei ihren Ermittlungen hilft. Hamble hätte niemals erwähnt werden dürfen.»

«Sie haben aber doch seinen Namen nicht genannt?»

«Wie viele Schriftsteller leben deiner Meinung nach in Starkley?»

«Wenn du mich fragst, Don, kann ich nur zustimmen, wenn man seinen Namen an die Öffentlichkeit zerrt.»

Kerry stimmte Heather im stillen hundertprozentig bei. Er hatte sofort einen Widerwillen gegen diesen kleinen Mann mit dem Bart, den Faunsohren und den schiefen Zähnen gehabt. Er würde diesen Mann mit Vergnügen verhaftet haben, wenn nicht die Zweifel, die ihn plagten, stärker als seine Entrüstung und seine Voreingenommenheit gewesen wären.

Er las den Bericht zu Ende und fluchte ein zweites Mal: «Wieder einmal eine Spitze gegen die Polizei. Ich zitiere: ‹Diese Verbrechen wider die Sittlichkeit, der gefährlichste Krebsschaden unserer Zeit, scheinen die Polizei vor unlösbare Rätsel zu stellen. Nur 25 Prozent der Sittlichkeitsdelikte in unserem Lande konnten bisher gesühnt werden . . .›» Kerry warf die Zeitung auf den Frühstückstisch.

«Ist der Prozentsatz wirklich so gering?» fragte Heather.

«Das weiß ich nicht, interessiert mich auch nicht. Aber es ist immer die gleiche Geschichte: Trotz aller Hindernisse arbeitet die Polizei pflichtbewußt und mit Erfolg. Aber davon spricht natürlich kein Mensch. Wenn ein Verbrechen jedoch nicht binnen 24 Stunden aufgeklärt ist, nennt man uns einen Haufen von Versagern.»

Heather schenkte sich und Kerry Kaffee ein. «So ist die Welt nun mal eben, Don.»

«So ist die Welt nun mal eben: Das ist kein Grund, sich damit abzufinden, daß sie noch schlechter wird.»

Heather schwieg. Sie wußte, wie sehr sich ihr Mann über unverantwortliche Presseartikel aufregen konnte. Er liebte seinen Beruf, er war loyal und tat alles, daß er und seine Leute ihre Pflicht in althergebrachter Weise ordentlich erfüllten. Doch in jüngster Zeit hatte der morbide Kult der öffentlichen Verleumdung, der Kritik um der Sensation willen, sich so häufig ein Schlachtopfer unter den Polizeibeamten gesucht, daß die Truppe an dem Wert und der Bedeutung ihrer Tätigkeit zu zweifeln begann.

Kerry trank seinen Kaffee aus und stand auf. «Wenn die Inspektion nach mir fragen sollte, ich bin unterwegs, um dem Mädchen noch ein paar Fragen zu stellen.»

«Ist es denn nicht in der Schule?»

«Nein. Die Eltern behalten es noch eine Weile zu Hause.»

«Ich werde es ihnen ausrichten.» Heather seufzte. Ihr Mann arbeitete viel zu viel, und jeden Tag sah sie, wie die Falten auf seinem Gesicht sich tiefer gruben. Auf jeden Fall bildete sie sich ein, daß man beobachten konnte, wie sich ihr Mann in seinem Beruf verzehrte und aufrieb.

Kerry verließ drei Minuten später das Haus und machte sich auf den Weg nach Starkley.

Mrs. Yarnby öffnete ihm die Türe. Die Schminke vom Tag zuvor lag noch immer auf ihrem Gesicht, der Morgenmantel, den sie anhatte, war schmutzig, und im Haar steckten bonbonfarbene Lockenwickler.

«Ist Cynthia zu Hause?» fragte Kerry.

«Ja.»

«Kann ich sie sprechen?»

Mrs. Yarnby wich wortlos ein Stück zur Seite. Im Korridor roch es nach ranzigem Fett.

«Cynthia!» rief Mrs. Yarnby.

Keine Antwort.

«Cynthia, komm sofort herunter!»

Eine Türe wurde oben gegen die Wand geschleudert. Cynthia kam die Treppe heruntergesprungen. Sie trug ein rotes verwaschenes Hemd, das viel zu groß für sie war, und Nietenhosen. Als sie Kerry erblickte, blieb sie wie angewurzelt stehen. In ihrem Gesicht stand ein rätselhafter Ausdruck, den Kerry sich nicht deuten konnte.

«Ich werde dich nicht lange quälen», sagte Kerry. «Ich brauche nur noch ein paar Auskünfte und dann gehe ich schon wieder. Wie fühlst du dich denn heute morgen?»

Sie starrte auf ein gerahmtes Bild an der Wand, das einen Rosenstrauß darstellte.

«Willst du wohl dem Mann Antwort geben!» keifte die Mutter.

«Mir geht es gut.» Sie trottete die letzten Stufen hinunter.

«Können wir in das Wohnzimmer gehen?» schlug Kerry vor. Er sah Mrs. Yarnby an. «Ich möchte gern, daß Sie auch dabei sind.»

Er war überrascht, weil das Wohnzimmer ziemlich sauber und aufgeräumt aussah. Cynthia suchte sich sogleich ein Sitzkissen, aus buntem Leder und mit kitschigem Muster, vor dem Kamin als Sitzgelegenheit aus. Sie stemmte die Ellenbogen auf die Knie und stützte das Kinn in die Hände.

«Du fühlst dich vollkommen wohl und ausgeruht?»

fragte Kerry. «Keine Kopfschmerzen oder andere Beschwerden?»

Sie antwortete ihm nicht.

«Sag dem Herrn, wie du dich fühlst!» befahl Mrs. Yarnby.

Sie drückte mit der Rechten die Lockenwickler nieder und lächelte dabei Kerry an. Sie wollte ihm sicher andeuten, daß sie in der Regel nicht in diesem Aufzug in der Wohnung herumlief. Mit einer gezierten Geste, die Kerry zusammenzucken ließ, raffte sie die beiden Hälften ihres Schlafrockes zusammen.

«Mir geht es gut», murmelte Cynthia.

«Fein. — Cynthia, wir haben den Mann gefunden, mit dem du spazierengegangen bist.»

Sie hob das Gesicht von den Händen und blickte sich rasch um. «Sie können ihn doch nicht . . .» Sie brach ab.

«Hast du nicht geglaubt, daß wir ihn finden würden?» fragte Kerry eindringlich.

«Ich weiß nicht.»

«Es stand alles in der Zeitung», sagte Mrs. Yarnby. «Dad hat es vorgelesen, ehe er zur Arbeit ging.»

«Cynthia», sagte Kerry, «du wirst uns doch sicher gern helfen wollen, nicht wahr?»

Sie stützte wieder das Kinn in die Hände.

Er betrachtete das Mädchen und fragte sich, warum sie so gar keinen Wert auf ihr Äußeres legte. Ihr sommersprossiges Gesicht mußte recht apart aussehen, wenn sie sich die Haare schneiden ließe.

«Ich habe mich mit dem Mann unterhalten.»

«Ich würde ihm etwas erzählt haben, was er sein Lebtag nicht mehr vergessen sollte», keifte Mrs. Yarnby.

Kerry fuhr fort, als wenn es keine Unterbrechung gegeben hätte. «Er war erschüttert.» Er versuchte, Cynthias Gesicht zu beobachten, aber sie drehte ihm nur das Profil zu. «Er schwor, daß er dir nichts getan habe.»

«Natürlich hat er das beschworen!» rief Mrs. Yarnby schrill.

«Woher wissen Sie denn, daß er es gewesen ist?» fragte Cynthia plötzlich.

«Er gibt zu, daß er mit dir in den Starkley-Forst gegangen ist, um Farne zu suchen. Die Beschreibung seines Hundes, die du uns gegeben hast, führte uns zu ihm.»

«Aber ...»

Ihre Worte wurden unterdrückt von der Frage der Mutter: «Haben Sie ihn eingelocht?»

«Noch nicht», antwortete Kerry.

«Warum sitzt er noch nicht?»

«Weil es Punkte gibt, die noch nicht geklärt sind. Und je eher ich Ihre Tochter ungestört ausfragen kann, desto schneller werden sie geklärt werden.» Er wendete sich wieder dem Mädchen zu: «Cynthia, warum hast du mir nicht erzählt, daß er einen Bart hat?»

«Ich hab's vergessen.»

«Kann man das so leicht vergessen? Du mußt dich doch sofort wieder daran erinnert haben, als du uns dein Erlebnis erzählt hast, oder?»

«Ich hab's vergessen.»

«Erzähle mir noch mal, wie das mit der Schokolade zuging.»

«Was soll ich Ihnen darüber erzählen?»

«Wieviel du gegessen hast, wieviel er, alles.»

«Er gab mir eine Rippe und aß auch eine. Aber nicht ganz, denn er hat ein Stück fortgeworfen.»

«Du weißt es genau, daß es so gewesen ist, nicht wahr?»

«Ja.»

«Du hast deine Rippe ganz aufgegessen?»

«Ja.»

«Weißt du, warum er seine Rippe fortgeworfen hat?»

«Sie schmeckte schlecht. Die Schokolade war ganz alt.»

«Woher weißt du denn das?»

«Er hat es mir gesagt.» Sie drehte ihm eine Sekunde lang das Gesicht zu.

«Und deine Schokolade?»

«Was sollte damit sein?»

«War die nicht auch alt?»

Sie gab keine Antwort.

«War deine Schokolade in Ordnung?»

«Ja», murmelte sie widerwillig.

Er lächelte. «Erzähl mir noch einmal, wie du ihn getroffen hast.»

«Er war in dem Wartehäuschen bei der Bushaltestelle. Als ich die Straße entlangschlenderte, hat er mich zu sich gerufen.»

«Und du bist hingegangen, du kleiner Nichtsnutz!» schrie Mrs. Yarnby.

Cynthia blickte ihre Mutter nur verächtlich an.

«Bist du ganz sicher, daß er in dem Wartehäuschen stand?»

«Ja.»

«Und dann seid ihr in den Fahrweg eingebogen. — Wann hat er seine Schokolade weggeworfen?»

«Als wir uns niedersetzten.»

«Hat der Hund nicht die Schokolade fressen wollen?»

«Der hat sie nicht entdeckt.»

«Was hat er dir getan?»

«Er hat meinen Arm gepackt und mich geschüttelt, bis ich tat, was er von mir wollte.»

«Wo hat er dich gepackt? Zeig mir die Stelle.»

«Hier am rechten Arm.»

«Was passierte, als alles vorüber war?»

«Wir gingen zurück zur Straße.»

Kerry nahm ein Zigarettenetui aus der Tasche und bot Mrs. Yarnby eine Zigarette an. Sie rauchten beide. «Cynthia», sagte er langsam, «du verstehst doch, was deine Anklage für Folgen hat? Wenn ein Mann so etwas macht, was du uns berichtet hast, muß er für eine sehr lange Zeit ins Gefängnis.»

Sie machte ein finsteres Gesicht und schwieg.

«Wenn er ein Mann ist, der ein schönes Haus und viele Freunde hat, wird er das alles verlieren. Er wird sein ganzes Leben damit verpfuscht haben.»

Sie gab immer noch keinen Laut von sich.

«Wir haben nur dein Wort, daß alles so war, wie du es uns geschildert hast. Deine Geschichte ist der einzige Beweis gegen den Mann. Deshalb wirst du uns auch nichts Falsches erzählen wollen, nicht wahr?»

Sie schüttelte den Kopf.

«Du bist ganz sicher, daß alles so passiert ist, wie du es uns erzählt hast?»

Sie nickte.

«Da du jetzt weißt, wie furchtbar eine Lüge diesem Mann schaden kann, wirst du mir versprechen, daß jedes Wort, das du sagst, die Wahrheit ist, nicht wahr?»

Sie nickte wieder.

«Du hast den Mann nicht schon früher einmal gesehen?»

«Nein.»

Das kurze Schweigen wurde von Mrs. Yarnby unterbrochen. «Sie lügt nie! Was fällt Ihnen ein, hierherzukommen und meine Tochter als Lügnerin hinzustellen? Nach allem, was sie erlebt hat, haben Sie die Unverfrorenheit . . .»

«Ich weiß, daß du lügst, Cynthia», sagte Kerry.

Cynthia steckte den kleinen Finger ihrer rechten Hand in den Mund.

«Du willst doch diesem Mann wirklich nichts antun, oder?»

«Ich werde mich über Sie beschweren, das werde ich!» schrie Mrs. Yarnby.

«Cynthia, ehe die Dinge weiter ihren Lauf nehmen, sage mir endlich, was wirklich passiert ist. Wenn du das tust, werde ich dafür sorgen, daß dir nichts geschieht.»

Cynthia glitt von ihrem Lederkissen hinunter und lief zur Türe. «Ich habe nicht gelogen!» sagte sie atemlos.

«Wir können beweisen, daß du gelogen hast», sagte Kerry.

Sie stand an der Türe, bereit zur Flucht. «Wie?» sagte sie mit halberstickter Stimme.

«Die Schokolade, die fortgeworfen wurde, hat nicht er angebissen.»

«Doch.»

«Du hast von dieser Schokolade gegessen und sie dann fortgeworfen.»

Es herrschte Stille. «Vielleicht hab' ich es nicht mehr richtig gewußt», sagte Cynthia schließlich.

«Du hast viele Dinge nicht mehr richtig gewußt, Cynthia. Vieles hast du jetzt anders berichtet, als du es uns das erste Mal erzählt hast.»

«Sie war eben gestern zu aufgeregt», sagte Mrs. Yarnby wütend.

Kerry schüttelte den Kopf. «Sie war bemerkenswert gefaßt für ein Mädchen von zwölf Jahren, das so ein schreckliches Erlebnis gehabt hat.»

Cynthia öffnete die Türe.

«Das arme Engelchen!» rief Mrs. Yarnby. Sie stand auf und wollte ihre Tochter an sich drücken. Cynthia aber lief schnell aus dem Zimmer und warf die Türe ins Schloß. Kerry drückte seine Zigarette aus. «Mrs. Yarnby, wie gut kennen Sie Ihre Tochter?»

«Sie ist schließlich meine Tochter, oder?»

«Dann reden Sie ihr ins Gewissen und finden Sie die Wahrheit heraus.»

«Sie haben kein Recht, mir Vorschriften zu machen und . . .»

«Sie ersparen sich und uns viele Scherereien.»

Kerry drehte sich einfach um und verließ das Haus.

Auf der Rückfahrt nach Bilhurst überdachte er noch einmal, was sich soeben abgespielt hatte. Er war jetzt überzeugt, daß Cynthia log und Hamble die Wahrheit sagte. Eigenartigerweise fühlte er deswegen seine Sympathie für Hamble nicht wachsen, und seine Anteilnahme an Cynthias Los war um keinen Deut geringer geworden.

Kerry fuhr als nächstes zu dem Haus, in dem Dr. Kipps mit einem Kollegen zusammen seine Praxis hatte. Als Kerry sich bei ihm meldete, wollte der Doktor gerade den ersten Patienten aus dem Wartezimmer holen.

«Wenn Sie nicht mehr als dreißig Sekunden meiner

kostbaren Zeit stehlen wollen, sind Sie mir willkommen, Kerry.»

«Ich mache es kürzer als kurz, Doktor. Ist es möglich, daß Cynthia Yarnby in ihrem Alter ihre Geschichte erfunden haben kann? Aus welchem Motiv könnte sie das getan haben?»

Der Doktor kratzte sich am Ohrläppchen. «Hm — Sie erwarten von mir eine Erklärung als Mediziner?»

«Ja — das Urteil eines Arztes und Psychologen.»

«Sie haben etwas entdeckt, das Ihnen berechtigten Anlaß zu diesen Fragen gibt?»

«Ich weiß noch nicht recht.»

«Sie stecken sozusagen in einer Zwickmühle, nicht wahr? Und ich soll Ihnen heraushelfen!» Dr. Kipps' hageres Gesicht drückte einen milden Tadel aus. «Also gut. Sie ist zwölf. Junge Mädchen sind als Zeugen von zweifelhaftem Wert: Sie beobachten alles, aber anders als ein Erwachsener oder ein Junge. Sie sehen die Dinge rein subjektiv, meistens deswegen, weil sie die Welt noch nicht kennen. Wenn das Mädchen eine Träumerin ist, wird es in einer Traumwelt leben, und wenn es die Aufmerksamkeit anderer Leute auf sich ziehen will, wird es Erlebnisse übertreiben oder sogar erfinden, um auch eine Rolle spielen zu dürfen. Cynthia Yarnby ist in der Pubertät. Das bedeutet, daß das seelische Gleichgewicht gestört sein kann. Vom moralischen Gesichtspunkt aus gesehen bedeutet das: wenn ein junges Mädchen gut und brav ist, ist es außerordentlich gut und brav. Aber wenn es nicht gut und brav ist, wird es so hartnäckig lügen, daß Sie selbst nicht mehr wissen, was wahr ist und was nicht.»

«Was ist Cynthia nun: gut oder schlecht?»

«Das fällt, Gott sei Dank, wieder in Ihr Fachgebiet. Ich nehme an, daß ich Ihnen keine befriedigende Antwort gegeben habe, oder?»

«Sie haben mir erzählt, daß ein junges Mädchen lügen kann, weil sie in die Lüge verliebt ist. — Was sagen Sie zu ihrem Zustand?»

«Sie war zu beherrscht, wenn man normale seelische Reaktionen zugrunde legt. Aber das Normale ist ein unzulänglicher Maßstab. Die blutunterlaufenen Stellen waren sehr interessant, aber in keiner Hinsicht aufschlußreich. Manchmal können wir sagen, wann ein Bluterguß entstanden ist, wenn wir berücksichtigen, daß ein lockeres Bindegewebe leichter zu verletzen ist als ein festes, ein junger Mensch eher zum Bluterguß neigt als ein älterer, Frauen ein empfindlicheres Gewebe haben als Männer, und die wunde Stelle zuerst rot ist und sich dann im Laufe von vier oder fünf Tagen zu einem dunklen Purpurrot oder Schwarz mit grünen Rändern verfärbt.

Cynthias blutunterlaufene Stellen können durch den Griff eines Mannes hervorgerufen worden sein, liegen aber an einer Stelle, wo man sie dann normalerweise nicht erwarten würde. Immerhin sind sie so angeordnet, daß sie dem geschilderten Tatvorgang nicht unbedingt widersprechen.» Dr. Kipps hob die Hand. «Ich weiß, Kerry, daß ich dem Kern der Sache ausweiche. Ich muß das tun. Stellen Sie mich in den Zeugenstand, und ich kann nicht beeiden, daß die Blutergüsse am Arm nicht zu dem Zeitpunkt entstanden sein könnten, den das Mädchen angegeben hat.»

«Würden Blutergüsse immer denselben Verlauf nehmen?»

Kipps lächelte ironisch. «Sie können sich jeden Gedanken an ein Experiment unter gleichen Bedingungen aus dem Kopf schlagen.»

«Sie machen mir das Leben nicht gerade leichter, Doktor.»

«Sie lassen keinen Zweifel mehr daran, daß Sie das Mädchen für eine Lügnerin halten.»

«Stimmt.»

«Dann bedauere ich den armen Teufel, den sie beschuldigt hat, denn es gibt keinen Geschworenen in diesem Land, der nicht dem Mädchen eher Glauben schenken wird als dem Mann.»

«Stimmt.»

«Noch ein Problem, bei dem ich helfen kann?»

Kerry verstand den indirekten Hinweis darauf, daß die Patienten des Doktors Hilfe brauchten, und empfahl sich.

Als er die Polizeistation fünf Minuten später durch den Hintereingang betrat, stieß er mit Inspektor Titans zusammen.

«Hast du deine Rüstung angelegt?» fragte Titans.

«Was ist denn jetzt schon wieder los?»

«Der große Häuptling ist schon ganz heiser, so ausdauernd hat er nach dir geschrien.»

«Weshalb diese Aufregung?»

«Weißt du denn nichts davon?» Titans' Gesicht wurde hart. «In der letzten Nacht brannte eine Fabrik nieder, und seitdem wird Konstabler Ewebank vermißt.»

7

Kerry sah nur rasch die Post durch, als Detektivsergeant Stevens ins Zimmer trat. Stevens hatte seine gute Laune, die immer so ansteckend wirkte, vollkommen verloren.

«Die ganze Inspektion ist alarmiert, um Sie zu suchen, Sir.»

«Ich habe es vernommen.»

«Haben Sie von dem Brand gehört?»

«Flüchtig.»

«Es war die Fabrik Arlettes. Das Gebäude ist vollständig niedergebrannt. Konstabler Ewebank hatte dort Dienst. Er wurde gestern nacht um viertel elf zum letztenmal gesehen.»

«Weiß man Näheres über die Brandursache?»

«Wahrscheinlich Brandstiftung.»

Wenn Brandstiftung vorlag und Ewebank in den Flammen umgekommen war, hatte er einen Mordfall zu untersuchen. «Warum spricht man so schnell schon von Brandstiftung?»

«Der Superintendent hat es abgelehnt, den Fall mit mir zu erörtern, Sir.»

Das Telefon läutete. Kerry wurde in einem so barschen Ton in das Dienstzimmer von Pallett befohlen, daß es bereits an Beleidigung grenzte. Er legte den Hörer auf. «Ich habe Dr. Kipps heute früh aufgesucht», sagte er und stellte dabei kopfschüttelnd fest, daß er sich soeben vor Stevens für sein spätes Eintreffen rechtfertigen wollte. «Cynthia Yarnby ist in einem Alter, in dem man gern Lügen um der Lügen willen erfindet. Der Doktor hat angedeutet, daß die Blutergüsse am Arm viel früher entstanden sind, als das Mädchen angibt. Suchen Sie deshalb Hamble nochmals auf und lassen Sie ihn seine Aussage wiederholen. Wir werden seine zweite Aussage dann mit der ersten vergleichen.»

«Jawohl, Sir.» Es entstand eine Pause, ehe Stevens fortfuhr: «Figg meint, Hamble sehe zum Fürchten aus.»

«Figg redet zu viel», sagte Kerry und verließ das Zimmer.

Auf dem Treppenabsatz begegnete er Chefinspektor Clarke. Der Schweiß stand Clarke auf der gerunzelten Stirne und er keuchte wie nach einem Hundertmeterlauf.

«Die ganze Inspektion steht kopf wegen Ihnen, Kerry.»

«Ich habe es vernommen, Sir.»

«Der Superintendent wollte wissen, ob Sie immer erst am späten Vormittag zur Arbeit kommen.»

«Ich werde in der Lage sein, ihm in diesem Punkt eine Antwort zu geben, Sir.»

Clarke sah ihn unentschlossen an, dann schnaufte er: «Sie sollten wissen, daß es Ihre Pflicht ist, den Leuten mit gutem Beispiel voranzugehen.»

Kerry gab darauf keine Antwort, sondern ging rasch die Treppe hinunter. Auch du, mein Sohn Brutus! dachte er und lächelte ironisch.

Als Kerry das Dienstzimmer des Superintendenten betrat, saß Pallett hinter dem Schreibtisch, und davor saß ein kleiner Mann in einem auffällig gemusterten Anzug, mit rundem Gesicht und einer stattlichen Hornbrille, die das Gesicht förmlich zu erdrücken schien.

Pallett wartete ein paar Sekunden, ehe er sagte: «Sie haben also doch noch den Weg hierhergefunden?»

«Hierhergefunden, Sir . . .?»

Pallett blickte betont langsam auf seine Armbanduhr: «Es ist bereits halb zehn.»

Kerry starrte verbittert auf den dritten Mann. Wollte der Superintendent ihn vor einem Fremden abkanzeln, um ihn zu demütigen?

«Ich war gerade mit einem anderen Fall beschäftigt, Sir, von halb acht Uhr bis jetzt.»

Pallett zündete sich eine Zigarette an. «Wollen Sie mir bitte anvertrauen, welcher Fall wichtiger war als der Tod eines unserer Beamten?»

«Ich wußte nichts von dem Brand und dem Tod des Mannes, ehe ich hierherkam.»

«Melden Sie sich niemals bei der Station telefonisch ab, wenn Sie auswärts zu tun haben? Ziehen Sie es seit einiger Zeit vor, ganz unabhängig zu arbeiten?»

Kerry schwieg. Sie beide wußten, daß der Superintendent die Paragraphen der Dienstvorschrift in diesem Fall auf seiner Seite hatte. Kerry hätte vorher in der Inspektion anrufen sollen, um sich zu erkundigen, ob etwas Dringendes vorliege.

«Ich komme sehr rasch zu dem Schluß, Kerry, daß die Leute dieser Inspektion dringend daran erinnert werden müssen, was Disziplin bedeutet.»

«Möglich, Sir. Falls zutreffend, ist dieses Bedürfnis noch sehr neu.»

«Was wollen Sie damit sagen?»

«Nichts, Sir.»

Der Superintendent begann ungeduldig mit den Fingern auf die Tischplatte zu trommeln: «Was für ein Fall?»

«Was für ein Fall was, Sir?»

«Mit was für einem Fall waren Sie heute morgen so dringend beschäftigt?»

«Cynthia Yarnby.»

«Nun, was ist mit ihr?»

«Wäre es nicht zu empfehlen, diesen Fall zu einer anderen Zeit zu besprechen?» Kerry warf einen vielsagenden Blick auf den Dritten in ihrer Runde. Dieser betrachtete Kerry durch seine Hornbrille wie einen seltenen Schmetterling.

«Sie besprechen den Fall, wenn ich das wünsche.»

«Ich habe die Geschichte des Mädchens nachgeprüft.»

«Haben Sie den Mann verhaftet?»

«Nein, Sir.»

«Warum nicht?»

«Ich bin noch nicht von seiner Schuld überzeugt.»

«Sie sind sehr schwer zu überzeugen. Die Umstände weisen eindeutig auf seine Schuld hin, doch Sie verschwenden Ihre Zeit damit . . .»

«Ich würde es nicht wagen, die Entlastung eines unschuldigen Mannes als Zeitverschwendung zu bezeichnen, Sir.»

Der Superintendent war klug genug, diesen Punkt nicht weiterzuverfolgen. Er nahm seine Hand vom Tisch und drehte sich in seinem Stuhl herum. «Dieser Herr ist Mr. Samson», sagte er und blickte den Mann vor seinem Schreibtisch an.

Kerry überlegte, daß man für diesen Mann kaum einen unpassenderen Namen hätte finden können. Er stellte sich vor, wie Mr. Samson sich mit den Schultern gegen die Säulen eines Tempels stemmte und nichts weiter dabei ausrichtete, als sich einen Leistenbruch zu heben.

«Sehr erfreut, Sie kennenzulernen», sagte Mr. Samson. «Ich bin in diesem Bezirk der vereidigte Gutachter für Versicherungsschäden. Ich bin auf Brandschäden spezialisiert. Mein Büro ist in Caithone, und ich habe einen sehr verantwortungsvollen Posten, das kann ich Ihnen versichern.»

Er stand auf und streckte die Hand aus. Kerry ergriff sie und fand sie warm, feucht und klebrig. Als sich Samson wieder setzte, entdeckte Kerry, daß Samson auch noch hohe Absätze trug, um in seiner verantwortlichen Position noch größer zu erscheinen, als er in Wirklichkeit war.

«Mr. Samson ist hierhergekommen, um die Brandursache zu untersuchen», fügte Pallett noch als überflüssige Erklärung hinzu.

«Ein sehr teures Feuer, Mr. Kerry», sagte Samson und putzte seine Brille. «Als ich den Anruf der Versicherung erhielt — dieser Mr. Orton hatte es sehr eilig, seinen Anspruch anzumelden — überprüfte ich sofort die Zweitschrift der Police. Eine Menge Geld steht da auf dem Spiel! Als ein fleißiger und — wie ich hoffe — auch gewissenhafter Mann muß ich sehr mißtrauisch sein. ‹Vorsicht, Brandstifter!› ist mein erster Gedanke.»

«Kennen Sie Brandmeister Awcott, den Beauftragten für die Feuerverhütung, Kerry?» fragte der Superintendent.

«Jawohl, Sir.»

«Er hat gemeldet, daß das Feuer an zwei Stellen zugleich ausgebrochen ist.»

«Höchst verdächtig!» mischte sich Samson wieder ein und setzte seine Brille auf. «Zwei Brandherde ist Brandstiftung in neunhundertundneunundneunzig von tausend Fällen.» Er nickte. «Ich roch den Braten sofort, als man mir die Rauchentwicklung beschrieb: schwarz! Das bedeutet Petroleum! Man kann Petroleum nicht verheimlichen, nein, Sir, das kann man einfach nicht!»

«Sie werden so eng wie möglich mit Mr. Samson zusammenarbeiten, Mr. Kerry. Wir schätzen uns glücklich, einen so erfahrenen Experten in unserer Mitte begrüßen zu können. Sie, Kerry, benachrichtigen mich sofort, wenn Sie eine Spur von dem Vermißten entdecken. Ich wünsche über alle Ermittlungen auf dem laufenden gehalten zu werden.»

«Jawohl, Sir», sagte Kerry.

«Das ist alles.»

Kerry verließ das Zimmer und ging die Treppe zur Kriminalbereitschaft hinauf. Nur Detektiv Brendon war anwesend.

Brendon öffnete den Mund: «Die Burschen in Fetley hängen dauernd wegen dem Geldschrank, den wir gefunden haben, an der Quasselstrippe und ...»

«Können Sie die Sache denn nicht allein erledigen?»

«Nun, ja, Sir.»

«Dann belästigen Sie mich nicht dauernd mit Kleinigkeiten, die jeder Idiot erledigen kann.»

Brendon machte ein beleidigtes Gesicht: «Meine Pflicht, Sir, gebietet mir ...»

«Und überflüssige Redensarten können Sie sich auch schenken.»

Brendon machte ein noch beleidigteres Gesicht.

«Wo sind Beard und Figg?»

«Beard ist unterwegs, um einen Mann in Torsham zu vernehmen, Sir, und Figg hat heute seinen freien Tag.»

«Sie werden mitkommen, wenn ich zur Brandstätte fahre. Ich läute, wenn es soweit ist.»

«Sehr wohl, Sir.»

Kerry kehrte in sein Zimmer zurück. Er trat ans Fenster und starrte auf den Wald von Fernsehantennen auf den rußgeschwärzten Dächern. Samson hatte ihm gerade noch gefehlt, um ihm das Leben wirklich zur Hölle zu machen.

Nur noch ein Löschzug war bei der Fabrikruine zurückgeblieben. Die Schläuche waren bereits aufgerollt, und die Feuerwehrleute standen beieinander und unterhielten sich.

Die Außenwände der Fabrik standen noch, waren aber übel mitgenommen, außer an der Südseite. Hinter den Mauern häuften sich qualmende Aschenberge, verkohlte Holzbalken und verbogenes Metallgestänge. Auf der Südseite, wo sich die Büroräume befunden hatten, waren vom Dachgeschoß nur die Eisenträger übriggeblieben. Weil der Wind in der vergangenen Nacht aus südlicher Richtung geweht hatte, hatte er die Flammen von diesem Flügel weggedrängt. Selbst zwei Fenster waren hier noch unversehrt geblieben. Sie glichen zwei lebendigen Augen, die aus einem Totenschädel glotzten.

Samson, der sich nicht hatte davon abbringen lassen, Kerry zu begleiten, fummelte an seiner Brille. «Ein totaler Verlust», sagte er, als ob es in dieser Hinsicht noch Zweifel gegeben hätte. Die beiden standen vor der Ostmauer, 15 Meter von dem Löschzug entfernt. «Ein Vermögen ist dahingeschwunden.»

«Vielleicht liegt dort auch ein Mann begraben», meinte Kerry bissig.

«Ja — richtig.»

Ein uniformierter Polizeisergeant kam auf Kerry zu. «Wir sind bereit, Sir.»

«Wir müssen immer daran denken, daß wir vorsichtig arbeiten müssen», sagte Samson. Er fixierte den Sergeanten durch die Brille: «Als ob wir Porzellantassen auspacken müßten. Die Technik bei der Untersuchung von Brandursachen verlangt ein gründliches und methodisches Vorgehen.»

Der Sergeant blickte Kerry vielsagend an, der nur schweigend die Achseln zuckte. Dann folgte Kerry Samson in das Innere der Ruine. Er sah zu, wie der Wind die Asche aufwirbelte und verstreute.

«Wir haben jetzt ein Vermögen an Maschinen, Ausrüstung und Schneiderkostümen unter unseren Füßen», sagte Samson. «Ein Vermögen ist im Feuersturm zerronnen, und die Asche ist der klägliche Rest.» Er bückte sich, um ein Stück Holz vom Boden aufzuheben. Er schnüffelte daran herum und reichte es dann Kerry. «Nichts daran zu entdecken, nicht wahr?»

«Was soll man denn daran entdecken?»

«Den Duft von Petroleum. Petroleum schlägt selbst dem wütendsten Feuersturm ein Schnippchen. Petroleum hängt so hartnäckig an dem verkohlten Holz wie ein Schotte am Aktienkapital.» Er streckte sein eckiges Kinn vor und schnüffelte wie ein Vorstehhund.

Sie kletterten über die Schuttberge. Fast bei jedem Schritt klaubte Samson ein Stück Holz auf und hielt es sich unter die Nase. Wenn er nicht mit der Nase beschäftigt war, ging sein Mundwerk um so eifriger, und er ließ sich nicht im geringsten von der Einsilbigkeit seiner Begleitung irritieren.

Zwanzig Minuten waren sie so über Schutthalden gewandert, als Samson plötzlich an einem Stück Holz so ausdauernd schnüffelte wie an einer Parfümflasche. Dann reichte er es mit triumphierendem Blick herum. Kerry glaubte einen schwachen öligen Geruch wahrzunehmen, aber bezeugen konnte er das nicht.

Samson nahm einen Kanten Brot aus der Tasche, biß davon ab und kaute bedächtig. Er brach noch ein Stück vom Kanten ab, rieb es an dem Holz und steckte es dann ebenfalls in den Mund. Sein Gesicht nahm jetzt einen Ausdruck mystischer Versenkung an.

«Petroleum. Kein Zweifel. Nehme jede Wette an, daß hier Petroleum im Spiele war. Können Sie mir jemanden schicken, der dieses Stück Holz zu meinem Wagen bringt? Im Kofferraum ist eine Blechschachtel, dort hinein gehört es. Ich werde dieses Beweisstück dem Laboratorium schicken.»

Kerry rief Brendon zu sich und gab entsprechende Anweisungen.

Die Suche ging weiter. Noch zwei verdächtig riechende Holzstücke wurden jetzt in der Nähe der ersten Fundstelle entdeckt. Dann verlief die Suche eine ganze Weile negativ, bis man das Südende der Ruine erreichte. Hier, zwei Meter von einer Türe entfernt, die an der Innenseite verkohlt, aber sonst unversehrt geblieben war, fanden sie noch ein mit Petroleum getränktes Dielenbrett. Auch diese Beweisstücke wurden in Samsons Wagen getragen.

Samson versuchte auf einem Haufen verbogener Eisenstangen das Gleichgewicht zu halten: «Petroleum hinten und Petroleum vorne: das Gebäude muß hochgegangen sein wie ein Pulverfaß mit zwei Zündschnüren. — Nun, Inspektor, damit hätten wir für den Augenblick erreicht, was wir wollten. Jetzt kommt die Kleinarbeit: wir müssen jedes Aschenstäubchen umdrehen, besonders an den Plätzen, wo wir Petroleumspuren entdeckt haben.»

Die Polizisten zogen ihre Röcke aus und arbeiteten in Hemdsärmeln und Uniformhosen. Kerry und Brendon hielten sich am Südeingang auf.

«Falls Samson recht hat, steht Brandstiftung jetzt außer Frage. Wenn also das Feuer nur wenige Meter von dieser Türe . . .»

Im Inneren der Ruine hörte man laute Rufe. Kerry blickte durch die Türöffnung. Der Sergeant, der bei den Polizisten die Aufsicht führte, winkte Kerry zu, und dieser wußte sofort, was das zu bedeuten hatte. Er ging in die Ruine hinein. Ein stechender, fettiger Geruch lag in der Luft.

«Dort liegt ein Toter, Sir», sagte der Sergeant.

«Wo?»

«Unter einem Berg von Dachziegeln und Schutt.» Der Sergeant zeigte auf eine Stelle, wo die Polizisten schweigend beieinander standen.

Kerry kletterte über einen Schuttberg. Der Tote war noch teilweise im Schutt begraben, nur den Oberkörper hatte man freigelegt. Da die Kleidung verkohlt war, konnte noch nicht mit Sicherheit behauptet werden, man habe Ewebank gefunden. Aber keiner zweifelte natürlich daran.

«Rufen Sie Dr. Kipps an», sagte Kerry mit barscher Stimme. «Und der Polizeifotograf soll sofort hierherkommen.»

Die Polizisten sahen sich an, als fragten sie sich, wem die Aufforderung gelte.

«Worauf, zum Henker, warten Sie noch?»

Alle drei bewegten sich jetzt gleichzeitig, dann blieben zwei wieder stehen. Kerry starrte auf den Leichnam. Der arme Teufel, dachte er in zorniger Trauer. Er dachte an Ewebanks Frau, die beim Polizeiball im vergangenen Sommer einmal mit ihm getanzt hatte. Jetzt war sie Witwe geworden. Wann war sie eigentlich Witwe geworden? Als ihr Mann starb, oder als sie hörte, daß ihr Mann wahrscheinlich gestorben sei? Oder erst in einer Stunde, wenn man ihr eine endgültige Bestätigung geben würde? Eines war sicher: wenn das Feuer vorsätzlich gelegt worden war, untersuchte die Polizei jetzt einen Mord. Jeder Mörder fordert die Polizei dazu heraus, ihr Bestes zu geben. Aber der Mord an einem Polizeibeamten war wie eine brennende Wunde, die nicht eher heilen würde, bis man den Mörder gefaßt hatte.

Die Spezialisten vom Erkennungsdienst, die den ganzen Morgen schon vor der Ruine gewartet hatten, kamen jetzt über die Schuttberge auf Kerry zu.

Kerry deutete nur auf den Toten. Schweigend wurde das Stativ für den Fotografen aufgebaut. Dann kniete Kerry nieder und begann vorsichtig den Boden um den Kopf herum abzutasten. Sogleich verfingen sich seine Finger in einer Anzahl verbogener Drahtschlingen. Er starrte sie eine Weile an, ehe es ihm klar wurde, daß diese Drähte einmal das Gerüst eines Polizeihelmes gebildet hatten.

Er stand wieder auf und wischte sich den Schweiß vom Gesicht. Dann ging er hinaus vor die Südseite der Ruine und zündete sich eine Zigarette an.

Was hatte Ewebank den Tod gebracht? Hatte er den Brandstifter gestellt, war dabei getötet und dann im Feuer zurückgelassen worden? Hatte er den Brand entdeckt und unvorsichtigerweise versucht, allein das Feuer zu bekämpfen?

Wenn Ewebank vom Feuer überwältigt worden war, hatte er das Gebäude also unbehindert betreten können. Das konnte eigentlich nur bedeuten, daß vorher in dem

Gebäude eingebrochen worden war. Jemand hatte das aufgebrochene Fenster oder die Türe offengelassen.

Kerry starrte auf die Südfront, überlegte fieberhaft alle Möglichkeiten. Die Fenster lagen eigentlich zu hoch... aber, angenommen eine Türe war aufgebrochen worden: konnte sich da Ewebank nicht kurzerhand entschlossen haben, einen Blick in das Gebäude zu werfen, um das Feuer durch persönliches Eingreifen noch zu löschen, ehe er Alarm geben wollte?

Kerry war so in seine Gedanken vertieft, daß er zusammenschrak, als Samson plötzlich vor ihm stand.

«Wir haben den Safe gefunden», sagte Samson. Er massierte sein Kinn. «Ich habe die Feuerwehrleute gebeten, ihre Schläuche wieder auszupacken und ihn abzuspritzen. Wir wollen nicht, daß der Inhalt in Flammen aufgeht, wenn wir den Safe öffnen, wie es bei unerfahrenen Leuten schon passiert ist.»

«Ich glaube, diese Maßregel wäre uns auch noch eingefallen», meinte Kerry.

Samson tat so, als ob er die Bemerkung nicht gehört hätte. «Die Papiere, die darin sind, können von entscheidender Wichtigkeit sein. Ich möchte sogar behaupten, im Safe ist der Schlüssel zum Rätsel dieser Brandstiftung. Habe ich Ihnen schon verraten, daß der Besitzer der Fabrik die Versicherungssumme erst vor zwei Monaten erhöht hat?»

«Nein, Sie haben nicht.»

«Um ganze 30000 Pfund erhöht! Das ist eine Menge Geld, Inspektor.»

Kerry war gereizt. «Und haben Sie gehört, daß wir den toten Ewebank gefunden haben?»

«Sehr bedauerlich, sehr. Inspektor, der Superintendent hat mir freundlicherweise jede Unterstützung zugesagt, die ich benötigen würde. Ich möchte gern, daß Sie mich jetzt zu einer Unterredung mit Mr. Orton, dem Besitzer der Fabrik, begleiten.»

«Nicht im Augenblick.»

«Es tut mir sehr leid, aber ...»

«Mir nicht weniger, Mr. Samson, aber die Ermittlungen werden so geführt, wie ich es für richtig halte. Wenn ich soweit bin, daß ich Orton vernehmen kann, werden wir gehen. Bis dahin bleiben wir.»

Samson nahm seine Brille ab und säuberte sie mit seinem Einstecktuch. Er blickte Kerry dabei prüfend an. Die Eindringlichkeit des Blickes aus den wasserhellen Augen gab Kerry plötzlich das Gefühl, daß Samson ohne Brille recht gut sehen konnte.

«Der Superintendent sagte, Sie könnten sehr ...» Samson vollendete den Satz nicht, setzte seine Brille wieder auf und drehte sich um. Mit kindlicher Schadenfreude entdeckte Kerry, daß Samson sich bei der Kletterei sein elegantes Jackett zerrissen hatte.

Brendon hastete auf Kerry zu. «Man hat Dr. Kipps' Sekretärin verständigt, und sie wird dem Doktor ...»

«Gut», unterbrach Kerry.

Brendon wollte sich wieder entfernen.

«Augenblick!» rief Kerry.

Brendon blieb stehen, wartete auf den nächsten Befehl.

«Holen Sie mir die Schlüsselsonde aus der Inspektion.»

«Jawohl, Sir.»

«Und brauchen Sie nicht die ganze Nacht dazu.»

«Blinder Eifer schadet nur», murmelte Brendon, als er sich umdrehte, aber so leise diesmal, daß es Kerry nicht hören konnte.

Kerry zündete sich eine neue Zigarette an. Er stellte sich Ewebank vor, wie er Feuer in der Fabrik entdeckte, über die Straße eilte, eine offene Tür sah, sich entschloß, in das Gebäude einzudringen, um vielleicht noch das Schlimmste zu verhüten ...

Dr. Kipps traf am Brandort ein und begrüßte Kerry. «Zwei Notrufe, und jetzt noch das. Wo liegt der arme Kerl?» Er warf einen prüfenden Blick auf die Ruine.

«Dort drüben», Kerry zeigte ihm die Stelle.

«Es tat mir sehr leid, als ich davon erfuhr», sagte Dr. Kipps. Er wußte, wie sehr die Kollegen der Tod eines Polizeibeamten erschütterte. Er räusperte sich nach einigen Sekunden. «Wer ist dieser Kerl mit dem auffälligen Anzug?»

«Ein Gutachter für Versicherungsschäden. Er ist im Augenblick sehr bekümmert, natürlich nicht, weil ein Mensch hier umgekommen ist, sondern weil die Versicherungssumme für dieses Gebäude in den letzten Monaten erhöht wurde.»

Dr. Kipps äußerte sich nicht dazu. Er wußte, daß Kerry kein nüchterner Realist war, was diesem das Leben nicht gerade erleichterte. Während sie schweigend nebeneinander zum Südeingang der Ruine schritten, keuchte Brendon hinter Kerry her.

«Die Sonde!» rief Brendon und zeigte auf einen Kasten aus Holz von etwa dreißig Zentimeter Länge, den er unter dem Arm trug.

Kerry trennte sich von Dr. Kipps, da er bei der Untersuchung doch nicht helfen konnte, und sagte zu Brendon: «Kommen Sie mit.»

Kerry ging zu der halbverkohlten Türe am Südeingang und entnahm dem Kasten ein dünnes Rohr, das an einem Ende mit einem Spiegel und einer kleinen Glühbirne ausgerüstet war. Er schob dieses Ende der Sonde in das Schlüsselloch hinein und schaltete die Glühbirne an.

Trotz der Linse am Einblick der Sonde dauerte es eine Weile, bis Kerry im Inneren des Schlosses Einzelheiten erkennen konnte, so sehr war es mit schmutzigem Fett verklebt. Dann konnte er mehrere Kratzspuren entdecken, die von einem Dietrich herrühren mußten.

Er zog die Sonde wieder aus dem Schloß. «Lassen Sie die Türe in die Polizeiinspektion schaffen», befahl er Brendon.

8

Als Kerry in die Polizeiinspektion zurückkehrte, wartete Sergeant Crundle auf ihn. Crundle war schon ein älterer Beamter, der kurz vor der Pensionierung stand. Gesicht und Haltung verrieten eine durchschnittliche Intelligenz, aber er besaß eine tüchtige Portion gesunden Menschenverstandes.

«Guten Tag, Sir.»

Kerry fiel es erst jetzt ein, daß er gar kein Mittagessen eingenommen hatte. «Wo drückt der Schuh, Sergeant?» fragte er.

«Ich hatte gestern nacht Dienst, Sir. Ich kontrollierte die Polizisten auf Streifendienst. Ich sah auch den Feuerschein in der Fabrik, Sir, und gab Alarm — aber jemand hatte ihn schon vor mir gegeben. Dann ging ich wieder zur Brandstelle zurück, um die Schaulustigen in Schach zu halten.»

«Und?»

«Es waren um diese Zeit noch nicht so viele, Sir, zehn vielleicht. Zwei davon benahmen sich recht eigenartig, Sir, aber ich hatte noch keinen Verdacht, bis ich hörte, Ewebank werde vermißt und das Feuer sei gelegt worden. War es Brandstiftung, Sir?»

«Wir warten noch auf eine Bestätigung, aber wir ziehen gar nichts anderes in Betracht — Stäbchen?»

«Danke ja, Sir.» Der Sergeant bediente sich mit einer Zigarette aus Kerrys Etui. «Diese zwei Burschen erregten meine Aufmerksamkeit, Sir, weil der eine davon so zappelte.»

«Können Sie mir beschreiben, was Sie meinen?»

«Schwierig, Sir. Jeder ist natürlich aufgeregt und neugierig, wenn es brennt, aber dieser Bursche zappelte so, als ob . . . nun, als ob er sich mit einem Mädchen treffen wollte. Vielleicht drücke ich mich nicht deutlich aus, Sir?»

«Deutlich genug.»

«Als die beiden mich zu Gesicht bekamen, verdrückten

sie sich eilends nach hinten. Ich habe sie dann aus den Augen verloren.»

«Hatten Sie den Eindruck, die beiden hätten sich Ihretwegen aus dem Staub gemacht? Wollten sie nicht sowieso gehen?»

«Ich würde sagen, sie gingen, weil sie mich sahen.»

Welchen Wert hatte diese Aussage? überlegte Kerry. Es konnte Zufall gewesen sein, daß die beiden Burschen weggingen, als sie den Sergeanten erblickten. Die Aufregung des einen von ihnen konnte ganz natürlichen Ursachen entspringen, wenn sie auch übertrieben wirkte. «Sie haben keine Ahnung, wie die beiden Jugendlichen heißen, nehme ich an?»

«Ich kenne ihre Namen nicht, Sir.»

«Sie kennen die beiden aber vom Sehen?»

«Vor sechs Monaten hatte ich Dienst im Gerichtssaal, Sir, und der größere von den beiden war damals wegen irgendeiner Sache vor Gericht. Man kann den Burschen nicht so leicht vergessen, Sir. Er hat eine Figur wie ein Möbelpacker und obendrauf einen Kopf, der viel zu klein ausgefallen ist für so ein massiges Untergestell.»

Kerry warf rasch seine Zigarette in die Aschenschale: «Nehmen Sie sich die Gerichtsprotokolle vor und stellen Sie eine Liste von allen Angeklagten auf, die an dem Tage zur Verhandlung erschienen, als Sie dort Dienst hatten. Dann gehen Sie auf die Suche nach dem Burschen, den Sie an der Brandstelle gesehen haben.»

Der Sergeant räusperte sich.

«Nun?»

«Es geht darum, Sir. Ich wechsle heute die Schicht, Sir, und muß in einer Stunde meinen Dienst antreten.»

«Ich werde Sie bei Inspektor Titans entschuldigen.»

«Vielen Dank, Sir.»

Als er gerade zur Türe hinausgehen wollte, stieß er mit Brendon zusammen, der die halbverkohlte Türe auf seinem Rücken ins Zimmer tragen wollte.

«Stellen Sie sie dort ab», sagte Kerry und zeigte auf den

alten verschrammten Tisch in der Ecke, «und holen Sie einen Schraubenzieher.» Als Brendon sich umdrehte, um aus der Kriminalbereitschaft einen Schraubenzieher zu besorgen, mußte Kerry ein wenig lächeln: Brendon sah von hinten aus wie ein Zebra.

Gemeinsam mühten sie sich dann mit den eingerosteten Schrauben des Türschlosses ab. Nach vielem Fluchen gelang es endlich, die hintere Platte des Schlosses abzunehmen.

Die Kratzspuren, die Kerry mit der Sonde nur verschwommen wahrnehmen konnte, waren jetzt ganz scharf zu erkennen.

«Lassen Sie dieses Beweisstück fotografieren», befahl Kerry, «und sagen Sie dem Fotografen, daß ich ihm seinen Kopf herunterreißen werde, wenn er mir auch nur einen Kratzer ausläßt.»

«Jawohl, Sir.»

Kerry begann im Zimmer auf und ab zu schreiten. «Brachen diese Türe auf», überlegte er laut, «drangen in die Fabrik ein, tränkten Kleider und Holz mit Petroleum, zündeten es an, machten schleunigst, daß sie wegkamen. Standen vor dem Gebäude, einer von ihnen ungewöhnlich erregt, bis Sergeant Crundle eintraf. Und dann verdrückten sie sich.»

Kerry fuhr nach Calleigh, wo Orton wohnte. Es war 17 Uhr 15. Während der ganzen Fahrt hielt sich Samsons Vauxhall dicht hinter seinem Morris. Jedesmal, wenn er in den Rückspiegel blickte, blendeten ihn die beiden Reihen von Autoplaketten, die Samson auf seinen Kühler montiert hatte. Kerry war davon überzeugt, daß Samson diese Plaketten in einem Ramschladen erstanden hatte.

Sie fuhren einen Hügel hinauf, von dem aus man einen herrlichen Ausblick auf die See hatte. Das Haus lag in einem weitläufigen, sehr gepflegten Garten. Vor der Garage parkten ein Jaguar Mark X und ein Mini Countryman.

Orton öffnete selbst und schüttelte ihnen die Hände. «Ich glaube, wir haben uns bereits telefonisch kennengelernt», sagte er zu Samson.

«Das ist richtig.»

Orton führte sie in den Salon. Durch das große Terrassenfenster sah man blühende Rosenbüsche vor dem blauen Hintergrund des Meeres. «Möchten Sie etwas zu trinken, oder ist es dafür noch zu früh am Tage?»

Kerry war überzeugt, Orton schon einmal begegnet zu sein, und er grübelte, wo und unter welchen Umständen das gewesen sein mochte. Orton war ein großer Mann, maß bestimmt über 1.80 Meter und war athletisch gebaut. Sein Haar war silbergrau, der sorgfältig gestutzte Schnurrbart ebenfalls. Der Anzug stand ihm ausgezeichnet, sicher ein Maßanzug, der in London angefertigt worden war.

Kerry entschied sich für einen Gin mit Soda, und Samson bat um einen Whisky. Während sie auf ihre Gläser warteten, blickte sich Samson neugierig um, und Kerry vermutete, daß er jedes Gemälde und Möbelstück mit einem Preisetikett versah.

Orton brachte die Gläser und ließ sich in einem Klubstuhl nieder. «Zum Wohl», sagte er höflich, hob sein Glas und wandte sich dann zuerst Samson zu. «Ich nehme an, Sie kommen wegen der Versicherung?»

«Auch das, Sir, auch das.»

«Wir möchten gern wissen, was für Material in der Fabrik gelagert war, Sir», sagte Kerry. «Auch müssen wir feststellen, in welchem Zustand sich die elektrischen Anlagen und Leitungen befunden haben und ob vielleicht ein Kohlenfeuer in der Heizungsanlage unterhalten wurde. Der Schaden ist so vollständig, Sir, daß wir ohne Ihre Mitwirkung diese Punkte nicht mehr klären können.»

Orton blickte Kerry nachdenklich an. «Die meisten elektrischen Leitungen», sagte er, «wurden vor zwei Jahren neu verlegt. Alle Leitungen, die damals nicht erneuert wurden, sind vor vier Jahren erst eingerichtet worden. Um diese Jahreszeit ist auch keine Feuerstelle im Betrieb. Das Wasser wird im Sommer elektrisch erhitzt. Alle Maschinen wurden natürlich auch elektrisch betrieben.»

«Ich weiß gar nicht einmal, was Sie in der Fabrik hergestellt haben, Sir», sagte Kerry. «Hat es etwas mit Bekleidung zu tun?»

«Mein Unternehmen befaßt sich mit der Konfektion von Damenbekleidung, die von einem führenden Modeschöpfer entworfen wird. Es ist ein sehr moderner Betrieb, denn erst seit einigen Jahren ist man dazu übergegangen, Konfektionsware nach Modellen anzufertigen. Es war ein glücklicher Gedanke von mir, einen bedeutenden Modeschöpfer für meine Fabrik zu engagieren und seine Entwürfe mit rationellen Fertigungsmethoden so preiswert auf den Markt zu bringen, daß auch jede Frau sich diese Schöpfungen leisten kann.»

«Und das Geschäft ging recht gut?» fragte Samson mit einem schiefen Lächeln.

«In den vergangenen Jahren hat sich das Geschäft in der Tat recht erfreulich entwickelt. Unsere Kapazität war ausgelastet, obgleich die Fabrikerweiterung vor zwei Jahren unsere Produktion nahezu verdoppelte.»

«Tatsächlich muß sich Ihr Betrieb ja sehr profitabel entwickelt haben, weil Sie Ihre Versicherungsprämie laufend erhöht haben.»

«Richtig.»

«Sie haben das erst vor zwei Monaten wieder einmal getan.»

«Das stimmt.»

«Würden Sie mir die Gründe dafür mitteilen, Mr. Orton?»

«Die Lagerbestände haben sich beträchtlich vergrößert.»

«Weshalb haben sie denn das?»

«Weshalb?»

«Wenn die Geschäfte doch so gut gingen, kann sich doch überhaupt kein nennenswertes Lager angesammelt haben, oder?»

Orton zögerte mit der Antwort. «Es gab einen bestimmten Artikel, der sich nicht so ohne weiteres absetzen ließ, und deshalb mußten wir unsere Lagerbestände vergrößern.»

«Nun hat sich der Absatz ja von selbst erledigt», sagte Samson und zeigte wieder sein schiefes Lächeln.

Orton stellte sein Glas auf den Tisch «Was wollen Sie damit andeuten?» sagte er brüsk.

«Ein Polizist kam in der Fabrik während des Brandes um», sagte Kerry, «wir fanden heute vormittag seine Leiche.»

«O mein Gott!»

«Wer ist eigentlich der Besitzer der Fabrik?» fragte Samson.

Orton starrte Samson ein paar Sekunden lang an, ehe er die Frage beantwortete. «Sie gehört einer privaten Gesellschaft mit beschränkter Haftung.»

«Was bedeutet das mit anderen Worten?»

«Ein Familienunternehmen.»

Samson nickte.

«Hatten Sie in der Fabrik auch Sicherheitsvorrichtungen?» fragte Kerry.

«Wir hatten natürlich eine Alarmanlage als Diebstahlsicherung eingebaut, aber wir befürchteten kaum einen Einbruch. Wir lassen nur eine geringfügige Summe im Safe. Die Lohngelder werden an den Zahltagen von der Bank geholt und sofort ausgezahlt.»

«Wer ist für die Sicherheit des Gebäudes zuständig?»

«Der Geschäftsführer. Natürlich darf er diese Verantwortung auf andere Personen übertragen.»

«Wollen Sie mir bitte Namen und Adresse des Geschäftsführers mitteilen?»

Orton erhob sich und ging zu einem mit herrlicher Einlegearbeit verzierten Schreibtisch. Er öffnete die oberste Schublade, nahm einen Kugelschreiber heraus und schrieb etwas auf ein Blatt Papier. Dann händigte er das Blatt Kerry aus. «Noch ein Glas?»

«Nein, danke, Sir. Wir müssen uns wieder auf den Weg machen.»

Orton blickte Kerry wieder nachdenklich an. «Ich glaube, wir sind uns schon einmal begegnet, warten Sie — ja! Haben Sie nicht im Rotaryklub einen Gastvortrag gehalten?» Kerry dachte an das Abendessen in diesem Klub zurück. «Natürlich, das müssen Sie gewesen sein! Kann mich auch genau noch daran erinnern, daß Ihr Vortrag zu den wirklich gelungenen Veranstaltungen gehörte.»

Samson zeigte Zeichen von Ungeduld. Er unterbrach schließlich mit barscher Stimme: «Wir möchten die Schlüssel vom Safe haben.»

Kerry versuchte, diese Aufforderung im taktvolleren Ton weiterzugeben. «Wir haben uns gefragt, Sir, ob Sie uns vielleicht den Schlüssel für den Safe überlassen können, der sich in der Fabrik befunden hat. Falls das nicht möglich ist — können Sie uns dann freundlicherweise begleiten, damit wir . . .»

«Natürlich können Sie den Schlüssel haben! Es ist kein Geld darin, nur die vertrauliche Korrespondenz und die Versicherungskarten der Angestellten.» Er verzog das Gesicht. «Was geschieht, wenn die Karten auch verbrannt sind? Ich hoffe doch nicht, daß man von uns erwartet, wir sollten die Versicherungsmarken noch einmal kaufen?»

«Ich bin davon überzeugt, daß das Arbeitsministerium Ihnen im guten Glauben die Versicherungsmarken ersetzen würde.» Kerry stand auf und stellte sein leeres Glas auf den Tisch. «Wir werden uns jetzt verabschieden, Sir. Nur noch die Schlüssel, wenn Sie so gut sein wollen.»

«Bringen Sie sie mir bei Gelegenheit wieder, Inspektor.» Orton ging wieder zum Schreibtisch und holte einen Bund mit zwei Schlüsseln aus der Schublade. Orton begleitete sie darauf zur Türe. Er reichte Kerry die Hand zum Abschied und nickte dann Samson nur kurz zu, der ebenfalls die Hand gehoben hatte. Als Kerry und Samson zu ihren Wagen gingen, bemerkte Kerry, daß Samson dunkelrot angelaufen war.

«Benimmt sich sehr ungeniert.»

«Warum sollte er nicht?» antwortete Kerry.

«Nettes Haus, teures Mobiliar, wird meiner Berechnung nach nicht mehr lange Gelegenheit haben, sich daran zu erfreuen.»

Kerry sagte nichts darauf. Er gab nichts auf Prophezeiungen.

Als Kerry wieder bei der Fabrikruine eintraf, waren die Polizisten immer noch damit beschäftigt, die Asche durch Siebe zu schütteln. Sie blickten mürrisch auf, als er aus dem Wagen stieg. Nachdem der erste Elan vorbei war, sich für Ewebanks Tod zu rächen, verfluchten sie ihn, weil er sie zu einer schmutzigen, langweiligen und schweißtreibenden Arbeit abkommandiert hatte.

Samson traf schließlich auch in seinem plakettengeschmückten Auto ein. Gemeinsam gingen sie zu der Stelle, wo der Geldschrank mit der Rückseite auf dem Boden lag. Samson redete ununterbrochen:

«Keinen Penny würde ich auf die Bonität dieser Firma setzen. Dafür kenne ich diese Geschichten aus meiner langen Praxis viel zu gut. Immer dasselbe. Die Geschäfte gehen schlechter, man riskiert mehr, die Geschäfte gehen noch schlechter. Der Unternehmer braucht dringend Geld. Man überlegt, wo man es auftreiben kann, und dann verfällt man auf die großartige Idee, ein Feuer zu legen. Wozu zahlt man denn schließlich die Versicherung? Also, ein Feuerchen muß her, und alle Probleme sind gelöst.»

Kerry nahm die Schlüssel, die Orton ihm anvertraut hatte, aus der Tasche, und öffnete den Safe. Die Papiere waren unversehrt, nur hatten die Aktendeckel ihren Inhalt wahllos verstreut. Unter diesem Wust von Papier befanden sich auch die Versicherungskarten, um die sich Orton Sorgen gemacht hatte. Samson schob Kerry beiseite, griff einige Papiere heraus und begann zu lesen.

Kerry fühlte sich abgestoßen von Samsons Beflissenheit, einen Versicherungsschwindel ans Licht zu zerren. Eine Viertelstunde verstrich. Kerry fühlte, wie der Schweiß in Bächen über seinen Hals und Rücken lief.

«Wir können uns jetzt nicht länger hier aufhalten. Ich werde die Sachen in die Polizeistation schaffen lassen», sagte er schließlich.

Samson blickte auf, die Halsmuskeln zuckten vor Erregung, seine Augen zwinkerten heftig. «Selbstverständlich, Inspektor», sagte er, «nur zu. Sie können alles mit dem größten Vergnügen wegschaffen lassen.»

«Haben Sie etwas gefunden?» fragte Kerry kurz angebunden.

«Einen üblen Geruch, Mr. Kerry, und bald wird es eine peinliche Enthüllung geben. Große Ereignisse kündigen sich an.»

Kerry ließ die Papiere aus dem Safe zusammenpacken und zur Station schaffen. Er ging zur Südfront des Gebäudes. Hier näherte sich die Straße bis auf sechs Meter dem Gebäude, die Hofmauer war kein nennenswertes Hindernis, die nächste Straßenlampe 20 Meter entfernt. Ein Einbrecher fand hier recht günstige Bedingungen vor. Er brauchte nachts nicht zu befürchten, von Passanten beobachtet zu werden. Hier standen nur Fabrikgebäude. Das nächste Wohnhaus war weit entfernt: es lag an der Straße, die an der Nordseite der Fabrik vorbeiführte.

Kerry hörte einen Ruf und drehte sich um. Der Sergeant, der die Arbeiten in der Ruine leitete, eilte auf ihn zu. Er streckte ihm einen Plastikbeutel entgegen. «Das haben wir soeben gefunden, Sir», sagte er noch ganz atemlos. Er öffnete den Verschluß des Beutels und zeigte etwas vor, das wie ein rußgeschwärzter Wollfaden aussah. Das Ding war etwa zehn Zentimeter lang. «Wir haben es beim Sieben der Asche entdeckt.»

«Wo?»

«Nicht weit vom Korridor entfernt, Sir, der zum Südtor führt. Ungefähr dort, wo der eine Brandherd gewesen sein soll. Ich frage mich, ob dieser Faden nicht etwas zu bedeuten hat, Sir.»

Kerry bedeutete er nichts, und er mußte wohl oder übel Samson um Rat fragen. «Bringen Sie das Ding hinüber zum Safe.»

«Jawohl, Sir.»

«Einen Augenblick, Mr. Samson», sagte er ein paar Sekunden später, «wir haben das da gefunden, und ich kann es nicht identifizieren. Vielleicht können Sie es.» Er gab dem Sergeanten ein Zeichen, den Plastikbeutel Samson zu übergeben.

Als Samson den Inhalt untersuchte, lächelte er und rieb sich die Hände. «Wissen Sie, was das ist?» fragte er.

«Ich habe es Ihnen gebracht, weil ich es nicht weiß.»

«Das ist der Docht einer Kerze, aus Baumwollfäden gedreht und mit Schwefel und Kalisalpeter behandelt. Die Kerze ist der bevorzugte Zeitzünder des Brandstifters: man umgibt sie mit petroleumgetränktem Material, und wenn die Kerze weit genug heruntergebrannt ist, geht alles in Flammen auf. Die Brandstifter rechnen natürlich immer damit, daß die Kerze mit dem anderen Plunder zusammen verbrennt. Diese Burschen wissen meistens nicht, daß der Docht erhalten bleibt, wenn die Kerze zu rasch verbrennt. Es ist das Salpetersalz, das den Docht konserviert. Verpacken Sie den Docht so sorgfältig wie ein Kronjuwel, und ich werde dafür sorgen, daß er unbeschädigt das Laboratorium erreicht. Ehe Sie sich zweimal umdrehen, haben die Spezialisten bereits herausgefunden, von welcher Firma die Kerze hergestellt wurde. Wunderbare Sache, nicht wahr? Brandstiftung, ruft es, mit so lauter Stimme, daß man es bis Glasgow hören kann.»

«Könnte nicht in der Fabrik ein Vorrat von solchen Kerzen gelagert haben?»

«Wo wurde der Docht gefunden, Inspektor? Die Antwort ist das Tüpfelchen auf dem i, glaube ich.»

«Ungefähr dort, wo das Feuer im Südflügel ausgebrochen sein soll», antwortete Kerry.

9

Superintendent Pallett wollte gerade nach Hause fahren, als das Telefon läutete.

«Superintendent», meldete er sich.

«Admiral Tynan möchte Sie sprechen, Sir», sagte der Beamte von der Vermittlung.

«Wer ...?» begann Pallett, aber die Verbindung war schon hergestellt.

«Spricht dort der Superintendent?» fragte eine dröhnende Stimme.

«Am Apparat, Sir.»

«Hören Sie mal, Anchor, was, zum Henker, gedenken Sie zu unternehmen?»

«Hier spricht nicht Superintendent Anchor.»

«Aber ich verlangte ausdrücklich den Superintendenten!»

«Mein Name ist Superintendent Pallett. Ich habe die Inspektion vor einigen Tagen übernommen. Kann ich Ihnen irgendwie behilflich sein?»

«Behilflich sein? Sie können jedem einen Gefallen tun, wenn Sie sich ein bißchen rühren, Mann. Was tun eigentlich Ihre Leute den ganzen Tag — Skat spielen?»

Die einzig vernünftige Antwort darauf — wenigstens hätte Anchor so gedacht — wäre gewesen, zu bestätigen, daß man den ganzen Tag lang Skat spiele und ob der

Herr Admiral wüßte, was man dagegen tun könne. Dann hätte sich der Admiral verwundert geräuspert und beträchtlich abgekühlt. Aber — typisch für ihn — Pallett war nicht in der Lage, den Charakter und die Laune seines Gesprächspartners richtig einzuschätzen. «Ich möchte den Vorwurf zurückweisen, Sir», sagte er mit seiner hohen Stimme.

«Was?»

«Zurückweisen, Sir. Wir arbeiten unter Anspannung aller unserer Kräfte, Sir.»

«Dann scheinen Ihre Kräfte ja wirkungslos zu verpuffen, Mann. Dieser Sittenstrolch läuft immer noch herum. Unsere Kinder trauen sich nicht mehr auf die Straße vor Furcht, vergewaltigt zu werden. Haben Sie sich über den Fall überhaupt schon Gedanken gemacht?»

«Selbstverständlich, Sir, und wenn Sie mir gestatten, Ihnen zu ...»

«Wissen Sie überhaupt, mit wem Sie reden?»

«Admiral Tynan, Sir.»

«Ich bin nicht nur Admiral, ich bin auch der Vorsitzende der Friedensrichter in der Grafschaft, Pally.»

«Pallett, Sir.»

«Pallett — Sie sollten jetzt die Gedanken, die Sie entwickelt haben, auch ein bißchen in Taten umsetzen. Und zwar rasch, wenn's geht. Ihr Vorgänger brauchte keine Woche, bis er sich rührte.»

Zu wütend, um noch an Vorsicht zu denken, wagte sich Pallett vor: «Wir wissen, wer er ist, Sir.»

«Wann kommt er dann vor Gericht?»

«Sehr bald, Sir.»

«Haben Sie ihn schon verhaften lassen?»

«Wir sind gerade dabei, Sir.»

«Warum, zum Donnerwetter, sagen Sie denn das nicht gleich?» Der Admiral hängte ein.

Einige Sekunden lang zitterte Pallett vor ohnmächtiger Wut. Beständig in dem naiven Glauben befangen, daß alle Leute ihn über die Achsel ansahen, war er lächerlich empfindlich gegenüber solchen Attacken, wie er sie soeben erlebt hatte. Dabei waren die Vorwürfe gar nicht als persönlicher Angriff gemeint gewesen, denn der Admiral gehörte zu den Leuten, die vom ersten Tag ihres Lebens an viel zu selbstbewußt sind, als daß sie wüßten, was eine persönliche Kränkung überhaupt ist.

Pallett faßte sich etwas, verließ sein Zimmer und ging die Treppe zum oberen Stockwerk hinauf. Auf dem Weg dorthin ging er an einem Beamten vorbei, der salutierte und dem er keine Beachtung schenkte, obwohl sie sich beinahe berührten. Der Polizist nannte ihn im stillen einen aufgeblasenen Hund, dem sein Rang zu Kopfe gestiegen war, und somit wurde eine Kettenreaktion von schlechter Laune und Unzufriedenheit ausgelöst.

Pallett ging in Kerrys Zimmer und mußte feststellen, daß es leer war. Er ging deshalb in die Kriminalbereitschaft. Er fand dort Beard vor. «Wo ist Inspektor Kerry?»

«Unten bei der Fabrikruine, soviel ich weiß, Sir.»

«Was ist bisher im Falle Yarnby geschehen?»

«Ich habe soeben eine Aussage von Mr. Hamble aufgenommen, Sir.»

«Sonst nichts?»

«Nichts im Augenblick, Sir.»

«Wer hat meinen Befehl mißachtet, daß dieser Fall unverzüglich aufgeklärt werden soll?»

«Andere Dinge haben sich inzwischen ereignet, Sir.»

«Wie heißen Sie?»

«Beard, Sir.»

«Dann lassen Sie sich eines gesagt sein: noch eine unverschämte Antwort von Ihnen, und Sie haben mit Schwierigkeiten zu rechnen. Habe ich mich klar ausgedrückt?»

Keine Antwort.

«Ist das klar oder nicht?»

«Jawohl, Sir», murmelte Beard finster.

«Holen Sie Kerry her und sagen Sie ihm, daß ich die Verhaftung dieses Hamble verlange.»

«Jawohl, Sir.»

Pallett drehte sich um und warf die Türe hinter sich ins Schloß. Beard setzte sich wieder und bearbeitete die Tischplatte mit der Faust. Dann steckte er sich eine Zigarette an. Am liebsten hätte er den Kram hingeworfen und sich einen gutbezahlten Posten in der Industrie gesucht. Das war die gebratene Taube, die er sich immer als Lockspeise vor die Nase zu halten pflegte. Was er absichtlich dabei übersah, war die Tatsache, daß er es nie in einer Fabrik ausgehalten hätte. Und er wollte auch nicht auf das Gefühl der Macht verzichten, das ihm seine gegenwärtige Stellung verschaffte.

Er blickte auf die Uhr. Ein Viertel vor sieben. Heute nacht war die Nacht der Nächte, so hoffte er wenigstens: er hatte eine Verabredung mit der Rothaarigen um sieben Uhr dreißig. Er dachte nicht daran, auf die Freuden des Lebens zu verzichten, und wenn ihn hundert Superintendenten davon abbringen wollten. Wenn Kerry noch einen Auftrag für ihn haben sollte, würde er, Beard, vorschützen, daß ihm Pallett die Vernehmung von Mrs. Yarnby aufgetragen habe. Kerry und der neue Superintendent vertrugen sich wie Hund und Katze, und deswegen würde Kerry seine Behauptung nicht nachprüfen.

Beard verließ das Gebäude und wollte sich gerade in den Dienstwagen der Kriminalabteilung setzen, als Kerry in den Hof fuhr. Beard ging zu ihm.

«Hier ist der Bericht, Sir», sagte er und reichte Kerry vier maschinebeschriebene Bogen.

Kerry kletterte aus dem Wagen. «Was für ein Bericht?»

«Über meine Vernehmung von Hamble, Sir.»

Kerry zwang sich dazu, den Fall Ewebank eine Weile zu vergessen und sich mit dem undelikaten Problem zu befassen, daß ein Mädchen behauptet hatte, man hätte sich an ihm vergangen.

«Was steht in der Aussage?»

«Hamble sagt, er hätte es nicht getan, es würde ihm auch

in den schlimmsten Träumen nicht einfallen, so etwas zu tun, und es wäre alles viel zu widerlich, als daß man es in den Mund nehmen sollte.»

«Wir gehen jetzt in mein Zimmer und vergleichen beide Aussagen.»

Beard begann mit seiner Erklärung, daß er woanders dringender benötigt wurde. «Der Superintendent hat mir nämlich befohlen . . .»

«Mich interessiert nicht, was Ihnen der Superintendent befohlen hat. Ich habe Ihnen gesagt, daß Sie jetzt mit mir in mein Büro kommen.»

Ärgerlich über die unerwartete Wirkung seiner Lüge, suchte Beard nach einem verzweifelten Ausweg. «Ich habe eine sehr wichtige Verabredung um sieben Uhr dreißig, Sir.»

«Mit wem?»

«Mit . . . einer Rothaarigen, Sir.»

«Dann tue ich ihr einen Gefallen, für den sie mir ewig dankbar sein wird.»

«Sie . . . ich habe versucht . . . ich meine . . .»

«Je rascher wir die Aussagen vergleichen, um so eher können Sie gehen.»

Beard mußte jetzt Kerry wohl oder übel zu dessen Büro begleiten. Kerry öffnete einen Aktendeckel auf seinem Schreibtisch und reichte Beard das Protokoll der ersten Aussage. «Ich werde die zweite Aussage vergleichen, während Sie Hambles erste Aussage laut vorlesen.»

Beard durchzuckte es plötzlich. «Ich habe Ihnen eine Botschaft vom Superintendenten auszurichten, Sir.»

«Und?»

«Er sagt, Sie sollen Hamble verhaften.» Beard warf einen vielsagenden Blick auf Kerry. «Irgendeine ganz große Laus ist ihm über die Leber gelaufen.»

«Den Zusatz können Sie sich sparen. Fangen Sie mit dem Lesen an.»

Kerry verglich die beiden Aussagen von Hamble. Sie

stimmten fast wortwörtlich miteinander überein, was im bemerkenswerten Gegensatz zu Cynthias Aussagen stand, die sich in vielen Einzelheiten widersprachen. Ein Zeuge wiederholt sich in seinen Aussagen entweder, weil er die Wahrheit sagt, oder weil er eine erfundene Geschichte auswendig gelernt hat. Wenn Hamble aber log, warum waren dann die Aussagen von Cynthia so voller Widersprüche? Weil sie von den Ereignissen so verstört war? Aber jeder, der mit ihr gesprochen hatte, war über Cynthias bemerkenswerte Fassung überrascht gewesen.

«Es ist kurz vor halb acht, Sir», sagte Beard verzweifelt.

«Sie sind aber scharf auf den Rotkopf!»

«Würden Sie auch sein, wenn Sie an meiner Stelle wären.»

«Gehen Sie schon. Ich glaube, ich könnte Sie nicht mehr als Detektiv gebrauchen, wenn ich Ihnen diesen Spaß verderben würde.»

Beard eilte zur Tür. Er wollte sie gerade öffnen, als Kerry ihm noch nachrief: «Beard — lassen wir einmal außer Betracht, daß Hamble aussieht wie ein warmer Bruder —, was halten Sie von seiner Aussage?»

«Ich wollte ihm kein Wort glauben, Sir, aber ich ertappte mich dabei, daß ich es doch tat.»

Kerry nickte nachdenklich. Beard nahm das als Zeichen seiner endgültigen Entlassung. Er verließ das Gebäude durch den Hintereingang, damit ihn nicht in letzter Minute noch ein Auftrag einholen konnte.

Kerry steckte sich eine Zigarette an. Angenommen, Hamble war vollkommen unschuldig — wie konnte man das beweisen? Die meisten Menschen glauben das, was sie glauben wollen: sie würden dem Mädchen glauben und den Mann verdammen. Wie konnte man eine Unterlassung beweisen? Daß Hamble nichts anderes getan hatte, als widerstrebend einem Mädchen zu gestatten, ihn auf einen kurzen Spaziergang zu begleiten? Je mehr

Hamble in seiner verklemmten Art auf seine Unschuld pochte, um so mehr glich er dem Typ des Sittenstrolches, den sich die Allgemeinheit zurechtgebastelt hatte.

Er verfluchte sich dafür, daß er an die Möglichkeit von Hambles Unschuld glaubte. Er machte sich das Leben damit nur noch schwerer. Als er das Büro verließ, hatte er den festen Vorsatz, nach Hause zu fahren, aber als er sein Haus erreichte, beschleunigte er den Wagen und hoffte, daß Heather nicht gerade hinter den Gardinen nach ihm Ausschau hielt.

Er fuhr nach Errington, bog dort hinter der Poststelle nach rechts ab. Dann ging es wieder nach links, und er hatte das Anwesen, in dem Hamble wohnte, im Blickfeld. Eine Menschenmenge stand dort vor dem Gartenzaun. Er wußte sofort, daß ihn ein böser Ärger erwartete.

Er bremste so scharf, daß die Reifen quietschten. Zwei Männer drehten sich um, aber die übrige Menge nahm keine Notiz von seiner Ankunft.

Yarnby, so ungeschlacht und abstoßend wie ein Eiszeitmensch, stand mit gespreizten Beinen und pendelnden Armen bei einem Rosenbeet. Auf dem Rasen, zusammengerollt wie ein Ungeborenes im Mutterschoß, lag Hamble. Sein Gesicht war blutig und sein grünes Hemd übel zugerichtet. Der Spaniel hüpfte auf der Türschwelle herum und kläffte hysterisch.

Kerry gebrauchte seine Ellenbogen, um sich einen Weg durch die Menge zu bahnen. Ein Mann drehte sich um und wollte in gotteslästerlichem Tone wissen, was er sich einbilde. Als Kerry kurz «Polizei» antwortete, verlor sich der kampflustige Ausdruck auf dem Gesicht des Mannes sofort. Eine hagere ältliche Frau verlangte mit schriller Stimme die Verhaftung des Mörders im Garten, ehe er auch ihre Töchter schänden und in kleine Stücke zerhacken könne.

Kerry betrat den Garten und warf die Gartentüre hinter sich zu.

Yarnby schlug Hamble mit dem Fuß gegen die Rippen. Hamble stöhnte laut.

«Hören Sie auf», rief Kerry.

Yarnby drehte sich um, und Kerry sah sofort, daß der Mann betrunken war. Sein grobes, aufgedunsenes Gesicht war mit schwarzen Bartstoppeln bedeckt.

«Verlassen Sie den Garten, Yarnby.» Kerry beobachtete Yarnbys Gesicht, kam aber dabei der riesigen schwankenden Körpermasse, die sich vor ihm bewegte, nicht zu nahe.

Yarnby war momentan verwirrt. «Er hat Cynthia vergewaltigt.»

«Sie wurde nicht vergewaltigt.»

Ein gehässiger Zuruf kam von der Straße: «Schlag den blutigen Halunken tot!»

Hamble bewegte sich plötzlich, stützte sich auf seine Hände und versuchte zu entwischen. Yarnby hob die schweren Fäuste und torkelte auf ihn zu. Hamble schrak zurück und verlor beinahe das Gleichgewicht, als ihn ein Hustenanfall überfiel.

Kerry stürzte vorwärts, stellte sich zwischen Hamble und Yarnby. «Ich bin Polizeibeamter, Yarnby. Verlassen Sie sofort den Garten!»

Es vergingen Sekunden, ehe Yarnby die Bedeutung der Worte begriff. Ratlosigkeit zeigte sich auf seinem Gesicht. Er bewegte sich, bis er nur noch Zentimeter von Kerry entfernt war.

«Sie ist mein Kind, etwa nicht? Er hat sie vergewaltigt!»

Neue Zurufe kamen von der Straße. Jemand öffnete das Gartentor. Ein Lehmklumpen flog in den Garten, aber so schlecht gezielt, daß er in einer Tanne am Gartenzaun landete.

«Bleiben Sie außerhalb des Gartens!» befahl Kerry mit lauter Stimme, wagte aber nicht, den Blick von Yarnby abzuwenden, der so gefährlich war, weil sein betrunkener Verstand nur den primitivsten Regungen zu folgen vermochte. Ein falsches Wort oder eine falsche Bewegung, eine Sekunde der Unentschlossenheit, und ein schrecklicher Ausbruch roher Gewalt würde die Folge sein.

Hamble hatte endlich seinen Hustenanfall überwunden. Er drehte sich um und rannte, so schnell er konnte, zur Haustüre. Hambles Flucht verdrängte alle Gedanken an den Polizeibeamten aus Yarnbys Bewußtsein, und er wollte dem Flüchtenden nacheilen. Kerry stellte schnell das rechte Bein vor, Yarnby stolperte und fiel. Dabei bekam Kerry einen Stoß in den Magen und fiel ebenfalls zu Boden.

Die Anstrengung, Luft zu holen, raubte ihm kostbare Sekunden. Wenn er Herr der Situation bleiben wollte, mußte er zuerst wieder auf den Beinen stehen. Er versuchte aufzustehen, aber die Beine versagten ihm den Gehorsam. Schon sah er die massige Gestalt vor ihm sich auf die Knie stützen. Kerry machte einen verzweifelten Versuch, die Beine zu bewegen. Diesmal gelang es. Er richtete sich auf.

Yarnby war in einen Rosenbusch gefallen, und die Dornen hatten seine rechte Backe aufgerissen. Während er noch kniete, tastete er sein Gesicht ab. Er zog die Finger zurück und betrachtete sie.

Kerry packte Yarnby am Jackenkragen und zog an. Aber nichts geschah, bis Yarnby sich plötzlich freiwillig dazu entschloß, aufzustehen. Für die Zuschauer sah es so aus, als ob Kerry die Kraft gehabt hatte, Yarnby wieder auf die Füße zu stellen. Ohne ein Wort zu sagen, schob Kerry Yarnby vor sich her zum Gartentor. Yarnby machte ein paar Schritte, blieb dann aber wieder stehen, um sein Gesicht zu betasten. Sein benebeltes Gehirn war anscheinend von dem Fall so erschüttert worden, daß er sich nur verschwommen daran erinnern konnte, was vorgefallen war.

«Wenn Sie nicht sofort den Garten verlassen, werde ich Sie festnehmen», sagte Kerry.

«Festnahme» war ein Wort, dessen Bedeutung Yarnby genau verstand, selbst in seiner beschränkten Zurechnungsfähigkeit. Kerry machte eine Handbewegung, und Yarnby machte automatisch weitere Schritte auf die Gartentüre zu.

Die Menge auf der Straße war still geworden. Einige sahen beschämt aus, hatten wahrscheinlich in der Zwischenzeit sich darauf besonnen, was für eine üble Rolle sie vor einigen Minuten hier gespielt hatten.

Kerry ging um Yarnby herum und öffnete die Gartentüre. Yarnby schritt auf die Straße hinaus.

«Wie ist der Mann hierhergekommen?» fragte Kerry.

Zwei Männer blickten einen dritten an. Der Mann sagte mit mürrischer Stimme: «Mit meinem Wagen.»

«Bringen Sie ihn wieder nach Hause. Wenn Sie in einer Minute immer noch da sind, werde ich Sie festnehmen.»

Kerry drehte der Menge den Rücken zu und ging zur Haustüre. Er drückte die Klinke nieder und stellte fest, daß die Türe abgeschlossen war. Hamble war nur auf seine Sicherheit bedacht gewesen. Kerry handelte schnell: Wenn die Zuschauer erkannten, daß man ihn aussperrte, konnten sie sehr schnell ihren Respekt wieder verlieren, weil man seine Autorität nicht anerkannte. Er ging um das Haus herum zum Hintereingang. Dort war die Türe unverschlossen.

Hamble stand im Wohnzimmer vor dem Spiegelglas seiner Barvitrine und untersuchte sein Gesicht. Als er Kerrys Gesicht neben seinem Spiegelbild auftauchen sah, erstarrte er sekundenlang vor Schreck.

Kerry trat ans Fenster und blickte zum Gartenzaun hinüber. Nur ein Mann stand jetzt noch auf der Straße. Er stahl sich fort, als er Kerry am Fenster sah.

«Was wollen Sie hier?» fragte Hamble mit schriller Stimme.

«Ich nehme einen Whisky mit Soda dankend an», Kerry entfernte sich wieder vom Fenster.

Ein wütendes Gekläff begrüßte ihn jetzt, als der Spaniel in das Zimmer kam. Als Kerry ihn nicht beachtete, zog er sich beleidigt wieder zurück.

«Warum haben Sie das zugelassen?» fragte Hamble. «Er schlug mich — wissen Sie das überhaupt? — er schlug mich!»

«Vermutlich.»

«Sie haben kein Recht, so etwas zuzulassen. Sie hätten mich schützen müssen!»

Kerry amüsierte sich.

«Mein Hemd ist zerrissen. Es hat fünf Pfund gekostet, ein nagelneues Hemd. Schauen Sie sich das an! Wer wird mir jetzt mein Hemd ersetzen?»

«Ich könnte Ihnen ja vorschlagen, Yarnby deswegen zu verklagen.»

Hamble drehte sich wieder dem Spiegelglas zu. Er berührte seine rechte Wange und verzog sein Gesicht. «Er wollte mich umbringen.»

«Danach sah es aus.»

«Warum stehen Sie denn einfach hier herum und unternehmen nichts? Sie müssen ihn verhaften. Das ist Ihre Pflicht, verstehen Sie denn das nicht?»

«Halten Sie den Mund», sagte Kerry.

Hamble war wie vom Donner gerührt.

«Ich habe Verständnis dafür, daß Sie zu schüchtern sind, um sich bei mir zu bedanken», sagte Kerry, «aber das bedeutet noch lange nicht, daß ich mir Ihr hysterisches Geschwätz anhören muß. Haben Sie einen Whisky in Ihrer Bar?»

«Nun ja, aber ...»

«Dann schenken Sie zwei große Gläser ein.»

Wie ein Traumwandler ging Hamble an die Barvitrine und füllte zwei Gläser.

«Was soll ich denn machen, wenn der Bursche wiederkommt?» murmelte Hamble mit zitternder Stimme.

«Ich werde einen Beamten mit Ihrem Schutz beauftragen.»

Hamble zündete eine Zigarette an. Er dachte gar nicht daran, auch Kerry eine anzubieten.

«Was für Bücher schreiben Sie eigentlich?» fragte Kerry.

«Thriller.»

Kerry lächelte.

«Was finden Sie daran so komisch?»

«Nichts. Nicht das geringste. Sagen Sie, haben Sie schon früher mal mit kleinen Mädchen herumgespielt?»

«Eine unerhörte Frage! Schmutzig und gemein.»

«Cynthia Yarnby sagte, daß Sie schmutzig und gemein sind.»

«Diese rotznasige Göre!» Hambles schrille Stimme gab seinen Worten eine obszöne Doppeldeutigkeit. «Sie konnte einfach nicht den Mund halten. Ich habe ihr deutlich genug gesagt, daß ich sie nicht in meiner Nähe haben will, aber sie hörte einfach nicht.»

«Haben Sie auch Schokolade gegessen?»

«Nein! Wie oft muß ich Ihnen denn noch erklären, daß ich nur eine Tafel Schokolade für mich gekauft habe, sie dann aber ihr überließ, um ihr endlich das Mundwerk zu stopfen?»

«Die Hälfte der Schokolade ist fortgeworfen worden.»

«Die bringt alles fertig. Wenn sie Ihnen erzählt hat, daß die Schokolade vergiftet gewesen sei, überrascht mich das auch nicht mehr.»

«Warum haben Sie so viel Gewalt angewendet?»

Hambles Trotz verschwand so schnell, wie er gekommen war. Sein Gesicht drückte jetzt Entsetzen aus. «Bitte, bitte, Sie müssen mich jetzt endlich verstehen. Ich habe sie nicht angerührt.»

«Tatsächlich nicht?»

«Sie wollen mir einfach nicht glauben. Keiner will mir glauben. Ich versuchte es diesem Grobian beizubringen, der in meinen Garten einbrach, aber er schlug mich einfach nieder. Seitdem die Zeitungen einen Autor in Errington erwähnt haben, ist jeder von dem Gedanken besessen, ich sei der Täter gewesen. Ich wollte gestern ein paar Lebensmittel einkaufen, aber die dumme alte Kuh hinter dem Ladentisch machte so entsetzte Augen, daß ich dachte, sie würde jeden Augenblick um Hilfe schreien. Es ist schrecklich. Ich kann nicht mehr arbeiten! Meine Gedanken beginnen sich zu verwirren, wenn ich mich nur an die Schreibmaschine setze.»

«Können Sie nicht einen neuen Toten einführen?»

«Wie bitte?»

«Hat nicht Raymond Chandler den Schriftstellern empfohlen, einen neuen Toten einzuführen, wenn sie nicht mehr weiterwissen?»

«Ich habe die amerikanischen Autoren nie gemocht. Sie sind mir zu brutal.»

Kerry erhob sich und stellte sein Glas auf den Tisch. «Ich muß jetzt wieder gehen.»

«Was wird aus dem Schutzmann, den Sie mir versprochen haben?»

«Ich sorge dafür, daß Sie überwacht werden, verlassen Sie sich darauf», sagte Kerry doppeldeutig.

Als Kerry seine Wohnung betrat und den Hut an den Garderobenständer hängte, kam Heather aus dem Wohnzimmer. Ihr Gesicht war streng.

«Ich habe mir schlimme Sorgen gemacht, daß dir etwas passiert sein könnte.»

«Tut mir leid, Heather.»

«Es tut dir leid? Glaubst du, das ist eine ausreichende Entschuldigung, nachdem ich anderthalb Stunden entsetzliche Angst ausgestanden habe? Ich sah dich bereits im Krankenhaus oder noch Schlimmeres . . .»

«Diesmal war deine Einbildung nicht ganz unberechtigt.»

Sie war sofort besorgt und ängstlich. «Don!»

Er nahm ihre Hand. «Es ist alles vorüber und erledigt, Heather. Kein Drama. Ich wollte Hamble aufsuchen und überraschte den Vater des Mädchens dabei, wie er Hamble zusammenschlug.»

Sie starrte ihm ins Gesicht: «Du hast dich geschlagen?»

«Ich wäre nicht hier, wenn das geschehen wäre. Der

Mann war zu betrunken, um einen richtigen Gedanken zu fassen.»

«Warum hast du das getan?»

«Was getan, Heather?»

«Dich so einer schrecklichen Gefahr auszusetzen. Verdient er es denn nicht, daß man ihn windelweich prügelt?»

«Verdient er es? Hat er es getan?» Er führte Heather in das Wohnzimmer. «Ich wünschte, ich wüßte es. Das Leben wäre dann viel einfacher. Pallett macht mir die Hölle heiß, weil ich Hamble noch nicht verhaftet habe.»

«Warum tust du es dann nicht?»

Er sah sie verwundert an. «Ich habe es dir doch schon einmal erklärt — ich bin nicht überzeugt, daß er es getan hat. Warum verlieren alle Leute den Kopf, wenn es sich um so einen Fall handelt? Die Beweise, die wir brauchen, müssen genau so stichhaltig sein wie bei jedem anderen Verbrechen auch.» Er setzte sich und zog Heather auf seine Knie.

Sie lehnte ihre Wange an sein Gesicht. «Ich kann ihn nicht ausstehen, weil er dich in Gefahr bringt. Ich war so erschrocken, als du kamst, und wagte nicht zu telefonieren, ob . . .»

Bedeutet denn die Schokolade wirklich so viel? fragte sich Kerry ärgerlich. Konnte Cynthia nicht vielleicht den Bart vergessen haben, weil sie einen Schock erlitten hatte, der sich bei ihr nicht so deutlich zeigte wie bei einem anderen Kind?

10

Am nächsten Morgen verließ Kerry das Haus um dreiviertel neun. Die Korridore in der Inspektion waren voller Leute, weil der Friedensrichter heute Gerichtstag hielt. Als Kerry sein Zimmer erreichte, war er bereits in Schweiß gebadet und fluchte leise vor sich hin. Er ging in die Kriminalbereitschaft und fand nur Beard vor.

«Guten Morgen, Sir», sagte Beard und grinste anzüglich. «Mein Unternehmen war ein voller Erfolg.»

«Das arme Mädchen tut mir leid.»

«Sie behauptet das Gegenteil.»

«Überlassen wir sie ihren Illusionen, und machen wir uns an die Arbeit. Wo ist Figg?»

«Noch nicht eingetroffen, Sir.»

Kerry blickte auf seine Armbanduhr. In diesem Augenblick öffnete sich die Türe, und Figg und Brendon betraten den Raum, begleitet von einem jungen Polizisten, der die Post austeilte.

«Lesen Sie all den Schmutz und Schund . . .» begann der junge Polizist im Singsang eines Zeitungsverkäufers. Er verstummte sofort, als er Kerry erblickte, legte hastig die Briefe auf den Tisch und verschwand wieder.

«Ich möchte Sie sprechen, Figg», sagte Kerry.

«Jawohl, Sir.»

Figg machte ein besorgtes Gesicht, als er Kerry folgte. Im Gegensatz zu Beard machte er sich oft darüber Gedanken, ob er seine Aufgaben auch zufriedenstellend löste.

In seinem Zimmer ließ Kerry sich erst hinter dem Schreibtisch nieder und deutete dann auf einen Stuhl. Figg setzte sich, und eine Weile herrschte Stille.

«Figg», sagte Kerry endlich, «ich möchte, daß Sie nach Starkley fahren und alles auskundschaften, was man über die Familie Yarnby weiß. Alles, verstehen Sie?»

«Jawohl, Sir.»

«Offen gestanden, ich weiß nicht, was ich für Auskünfte erwarte.» Kerry trommelte mit den Fingern auf die Tischplatte. «Yarnby wollte gestern abend Hamble zusammenschlagen. Wenn Sie erfahren sollten, daß er wieder auf dem Weg dorthin ist, benachrichtigen Sie das zuständige Revier.»

Figg nickte.

«Versuchen Sie Yarnby in eine Kneipe zu lotsen, wenn Sie ihn sehen. Ich genehmige alle Spesen, die Sie machen müssen, um ihn vollaufen zu lassen.» Kerry merkte erst jetzt, daß er die Tischplatte bearbeitete und hielt seine Hand still. «Das wär's!»

Kerry betrachtete Figgs Rücken, als dieser zur Tür ging. Er fragte sich, ob er den richtigen Mann ausgesucht hatte. Figg mochte vielleicht mit seinen Anbiederungsversuchen bei Yarnby nicht so gut ankommen wie Beard, der sofort mit dem ungeschlachten Riesen Duzbrüderschaft trinken würde. Aber Figg würde nichts entgehen, und wenn es nur eine Andeutung war, das für ihre Ermittlungen wichtig sein konnte, während Beard oft nicht den Wald vor lauter Bäumen sah.

Samson kam jetzt in Kerrys Zimmer, und wenn er angeklopft hatte, mußte es Kerry glatt überhört haben. Samsons Anzug war heute der letzte Schrei der italienischen Herrenmode. Im Revers steckte eine rote Rose.

«'n Morgen, Inspektor. Ein wirklich nervenstärkender, kräftespendender Morgen.»

«Guten Morgen», antwortete Kerry.

«Ich dachte, Sie sind bestimmt daran interessiert, das Ergebnis meiner nächtlichen Studien zu erfahren. Sie decken sich haargenau mit meinen ersten Mutmaßungen.»

Kerry nickte.

«Die Geschäftspapiere waren sehr interessant, Inspektor. Einfach faszinierend! Es gibt kein Buch, das auch nur halb so fesselnd wäre wie der Schriftwechsel mit einer Firma, die soeben ein nützliches Feuerchen überstanden hat. Die Lektüre hat mich bis Mitternacht wach gehalten.» Samson schob seine scharfgebügelten Hosen hinauf und ließ sich auf einem Stuhl nieder. «Sensationeller Stoff! Witzige Dialoge!»

«Was haben Sie herausgefunden?» fragte Kerry ungeduldig.

«Erinnern Sie sich daran, daß ich Ihnen erzählt habe, die Deckungssumme sei wegen der besonders großen

Lagerbestände erhöht worden? Unser Mr. Orton brüstete sich doch so damit, daß er einen erstklassigen Modeschöpfer für sich arbeiten ließe! Nun — vor einigen Monaten glaubte er, die Zeit sei reif, einen großen Treffer auf dem Markt zu landen. Aber der Modeschöpfer versalzte ihm die Suppe gründlich. Er sollte eine neuartige Konfektion herausbringen, aber er schuf etwas, was gar nicht gefragt war. Und Orton zog seine Vertreter und Kunden erst zu Rate, als es schon zu spät war. Die Fabrik lief auf vollen Touren, aber keiner wollte das, was sie produzierte. Die Kunden wollten die Kleider nicht, die Läden wollten sie nicht auf Lager legen. Da saß also unser Orton mit Lagerbeständen, die ihn Tausende von Pfund gekostet hatten, aber jetzt wertlos waren, und er hatte nichts, was er als Ersatz dafür anbieten konnte. Verträge wurden annulliert. Orton schrieb grobe Briefe an den Modeschöpfer, aber damit ging es ihm auch nicht besser. Die Lage wurde kritisch, das Geld wurde knapp, die Bank machte Vorhaltungen. Orton muß der Ruin bereits vor Augen geschwebt haben. Also tat er es.»

«Was tat er?»

Samson sah aus, als traue er seinen Ohren nicht. «Sie wollen doch nicht etwa damit andeuten, daß noch irgendwelche Zweifel bestehen könnten?»

«Das tue ich.»

«Ich kann Ihnen eines versichern: wenn die Versicherungsgesellschaft meinen Bericht liest, zahlt sie keinen Pfennig.»

«Das ist deren Sache, nicht wahr?»

«Sie sind ziemlich stur, Inspektor.»

«Ich würde mich eher als einen vorsichtigen Mann bezeichnen. Ich überlege mir erst alle Fragen, ehe ich sie mir beantworte.»

Samson spielte mit seinem Siegelring. «Superintendent Pallett sagte, Sie könnten ein sehr schwieriger Mann sein.»

«Sagte er das?»
«Er hat mich von Anfang an gewarnt.»
«Das war sehr rücksichtsvoll von ihm.»
«Ich nehme an, daß Sie doch nicht abstreiten wollen, es handle sich um Brandstiftung?»
«Nein.»
«Nun — das kommt dann wohl auf dasselbe hinaus, dächte ich. Der Bericht der Sachverständigen spricht von Petroleum in den Holzproben, und der Docht stammt von einer Rennets-Kerze.»
«Danke für Ihre Informationen.»
«Werden Sie denn jetzt Orton nicht verhaften?»
«Noch nicht.»
«Warum nicht?»
«Im Augenblick, Mr. Samson, bin ich Ihnen keine Rechenschaft darüber schuldig, wie ich den Fall zu behandeln gedenke.»
Samson erhob sich ganz langsam von seinem Stuhl. Er wollte etwas sagen, besann sich aber noch rechtzeitig. Er zog sich zurück, ohne sich zu verabschieden.
Kerry ging in Stevens' Zimmer hinüber. Stevens mußte den ganzen Kleinkram in der Abteilung erledigen und Bagatellfälle aufklären. Selbst das konnte seine sprichwörtlich gute Laune nicht verderben. Er lächelte, als er Kerry erblickte: «Guten Morgen, Sir.»
«Ich hatte gerade einen Besuch von Samson.»
«Mein Beileid.»
«Wir wissen jetzt endgültig Bescheid. Es war Brandstiftung. Das Holz war mit Petroleum getränkt, und das verkohlte Stück Schnur war der Docht einer Kerze. Eine Rennets-Kerze. Wir haben auch schon ein erstklassiges Motiv: Ortons Modeschöpfer hat sich vergaloppiert und ließ Orton Ladenhüter fabrizieren. Die Abnehmer kündigten die Verträge, Orton saß tief in der Tinte.»
«Und wo liegt denn jetzt das Problem, Sir?»
Kerry begann im Raum auf und ab zu schreiten. «Zum

Donnerwetter, Stevens, bin ich tatsächlich blind? Will ich nicht mehr oder kann ich nicht mehr deutlich sehen? Oder sind meine Augen doch noch so scharf, wie sie es immer waren?»

«Wenn wir noch lange mit diesem Gespann arbeiten müssen — ich meine den Superintendenten und Samson — werden wir noch alle zusammen blind, stumm und taub, Sir. Wir waren einmal die beste Bezirksinspektion in der Grafschaft, aber jetzt . . . .»

«Die Kriminalabteilung wird nichts von ihrer Leistungskraft einbüßen, solange ich hier noch ein Wort zu sagen habe.»

Stevens bedauerte Kerry ein bißchen. Er hatte ihn zwar nicht in sein Herz geschlossen, dafür war ihm der Inspektor viel zu ehrgeizig. Aber er respektierte und achtete ihn.

Kerry blieb vor Stevens' Schreibtisch stehen und blickte auf den Berg von Papieren hinunter. «Ist etwas dabei, was uns auf den Nägeln brennt?»

«Nichts, das nicht warten könnte, Sir.»

«Dann gehen Sie zu Sergeant Crundle. Stecken Sie ihm glühende Nadeln in den fetten Popo, bis er endlich herausgefunden hat, wer diese beiden aufgeregten Burschen waren, die er bei der Brandstelle gesehen hat.»

«In Ordnung.»

«Sobald wir ihre Personalien kennen, möchte ich festgestellt haben, ob sie in letzter Zeit Petroleum gekauft haben. Auch, ob man sie schon bei früheren Brandkatastrophen beobachtet hat. Verstanden?»

Kerry wußte, daß alles, was man von Stevens verlangte, gewissenhaft und schnell erledigt wurde. Unter der Maske einer vergnügten und sorglosen Oberflächlichkeit verbarg Stevens eine Entschlossenheit, die sich selten geschlagen gab.

Der Obduktionsbefund im Fall Ewebank wurde Kerry gerade telefonisch durchgegeben, als Detektivsuperintendent Pointer Kerrys Zimmer betrat. Dr. Belgan teilte lediglich mit, daß Ewebanks Tod durch Rauchvergiftung herbeigeführt worden sei.

Kerry hängte auf. «Entschuldigen Sie, Sir», sagte er.

Pointer stand dicht vor seiner Pensionierung, und weil er gewöhnlich nachdachte, ehe er sprach, und dann noch langsam und gemessen redete, waren einige Leute der Meinung, seine Pensionierung käme keinesfalls zu früh. Aber diejenigen, die ihn gut kannten, wußten sehr wohl, wie tüchtig er war. Er besaß auch einen ausgeprägten Sinn für Humor.

«Ich wäre schon früher in Ihrem Zimmer aufgetaucht, Kerry, aber Superintendent Pallett erwischte mich im Korridor und sang ein langes Klagelied.» Pointer drehte den Stuhl vor dem Schreibtisch herum, daß er mit der Lehne nach vorn zeigte, und ließ sich dann darauf nieder. Er schob den Hut in den Nacken und kratzte sich an einer kahlen Stelle. «Reden wir mal, wie uns der Schnabel gewachsen ist — ich meine, ohne Zeugen, ohne Aktennotizen und ohne spätere Erinnerungen. — Pallett sagte mir eben recht liebenswürdig, Sie seien ein krasser Versager. Sie wären derjenige in der Inspektion, der ihm die dicksten Knüppel zwischen die Beine werfen würde. Sie würden sich einfach weigern, zwei Leute zu verhaften, nur weil er es Ihnen befohlen hat.»

«Er überschätzt seine Bedeutung.»

«Wieso das?»

«Wenn er glaubt, daß ich mich herablassen würde, das Gegenteil von dem zu tun, was er will, nur weil es das Gegenteil ist.»

Pointer nahm seinen Hut ab und stülpte ihn über sein rechtes Knie. «Haben Sie etwas gegen ihn?»

Kerry zögerte mit der Antwort. Wenn ein Detektivsuperintendent einen Detektivinspektor über dessen Meinung über einen Superintendenten einer Bezirksinspektion bittet, konnte das für den Inspektor ein dicker Strick werden.

«Los, Kerry, heraus damit!»

«Also gut. Meiner Meinung nach hat er diese Bezirksinspektion schon zu drei Vierteln ruiniert.»

«Wie das?»

«Weil er so ist, wie er ist.»

«Machen Sie ihm deshalb absichtlich Schwierigkeiten, weil Sie sich diese Meinung gebildet haben?»

«Ich tue meine Arbeit, Sir.»

«Ihre Aufgabe ist es, Verbrecher hinter Schloß und Riegel zu bringen. Er behauptet, Sie seien einfach zu nachgiebig.»

«Das ist eine Lüge.»

«Warum haben Sie Hamble nicht festgenommen?»

«Ich bin überzeugt, daß das Mädchen lügt.»

«Beweise dafür?»

Kerry schüttelte den Kopf. «Ich habe keine, abgesehen von einer Schokoladenrippe, die nicht er gegessen hatte, wie sie behauptete, sondern sie, und von einem Bart, den sie uns unterschlagen hat.»

«Lassen wir das einmal. Warum haben Sie Orton nicht verhaftet?»

«Ich vermute, daß das Feuer von zwei Jugendlichen gelegt wurde.»

«Ihre Namen?»

«Ich weiß sie noch nicht.»

«Beweise?»

«Das Schloß in der Tür am Südende des Gebäudes wurde mit einem Dietrich aufgebrochen.»

«Motiv?»

«Pyromanie, höchstwahrscheinlich.»

«Und Sie nennen dieses Motiv überzeugender als das von Orton?»

«Ich habe noch nie einen Fall nach der Stärke des Motivs beurteilt, Sir.»

Pointer spielte mit der Krempe seines Hutes. Er blickte auf. «Wenn ich Superintendent Pallett wäre, würde ich meinen Detektivinspektor wahrscheinlich einen störrischen, eigensinnigen Quertreiber nennen. So ungefähr hat er sich auch ausgedrückt. Haben Sie sich schon mal überlegt, daß hier mehr auf dem Spiel steht als nur eine dumme Antipathie zwischen ihm und Ihnen?»

«Zum letztenmal möchte ich ...»

«Ich möchte nicht, daß zwei Strolche sich über die Polizei lustig machen, weil Sie und Pallett sich wie Hund und Katze vertragen.»

«Ich habe nicht die dienstliche Einstellung, die Sie mir unterstellen, Sir.»

«Nun werden Sie ja nicht pathetisch, Kerry.» Pointer zielte mit dem Hut nach dem Garderobenhaken, verfehlte ihn aber um einen halben Meter. «Was halten Sie von diesem Samson?»

«Gar nichts.»

«Da bin ich ganz Ihrer Meinung. Sie wissen, daß ich mich so wenig wie möglich einmische, außer ich komme zu der Ansicht, daß ich mich einmischen sollte. Und ich mische mich in Ihre beiden Fälle auch jetzt noch nicht ein. Wollen wir jetzt zusammen hinuntergehen und Pallett die freudige Nachricht verkünden?»

Kerry war Pointer dankbar, daß er so viel Vertrauen zu ihm hatte und ihm selbst jetzt noch den Rücken stärkte. Er hoffte zu Gott, daß er in beiden Fällen recht behalten möge.

Pointer stand auf, bückte sich dann nach seinem Hut und klopfte den Staub von der Krempe. «Sie wissen doch, daß Ihr Name auf der Beförderungsliste steht?»

«Ich wußte es nicht, aber ich hoffte darauf.»

«Deswegen lassen Sie es doch sein, sich wie ein verdammter Idiot aufzuführen! Sie wissen doch selbst, wie lange man braucht, bis man die Beförderungsliste überhaupt dem Namen nach kennt.»

Sie gingen die Treppe hinunter und begegneten Titans im Korridor. Der Inspektor starrte Kerry an, und sein Gesichtsausdruck verriet, daß er wußte, was für ein

Gewitter sich über dem Detektivinspektor zusammenbraute.

Als sie gerade das Zimmer von Superintendent Pallett betreten wollten, erblickte sie Detektivsergeant Stevens und rief: «Sir!»

«Ja?» fragte Kerry.

Stevens rang nach Atem. «Albert Craster, Sir, neunzehn Jahre alt und Vorstrafenregister. Geistig etwas zurückgeblieben.»

«Eintragungen?»

«Zwei Einbruchdiebstähle. Er ist auf Dietriche spezialisiert.»

Kerry fühlte endlich so etwas wie Genugtuung. «Jetzt überprüfen Sie Crasters Vorliebe für Kerzen und Petroleum. Finden Sie heraus, wer sein Spezi ist, und bringen Sie beide zum Sprechen.»

«Ich vermute, Sie haben noch nicht genügend Material, um sie festnehmen zu können, Sir?»

«Noch nicht.»

Pointer und Kerry betraten Palletts Dienstzimmer. Pallett saß hinter dem Schreibtisch, und Samson saß rechts neben ihm. Sie rauchten beide Zigarren, und da es nicht zu den Gepflogenheiten eines Superintendenten gehörte, Zigarren zu rauchen, stammten sie vermutlich aus Samsons Tasche.

Pointer holte sich einen Stuhl und setzte sich. Kerry blieb stehen, und Pallett hielt es auch nicht für nötig, ihn zum Sitzen aufzufordern.

«Mr. Samson hat Sie davon in Kenntnis gesetzt, welche Schlüsse er aus dem Inhalt des Stahlschrankes gezogen hat, nicht wahr?» sagte Pallett nach einem Blick auf Pointer, der ihm aber nur ein verschlossenes Gesicht zeigte.

«Jawohl, Sir.»

«Er gab mir zu verstehen, daß Sie sich immer noch nicht überzeugen lassen.»

«Das ist richtig, Sir.»

«Warum?»
«Weil das Schloß am Südeingang der Fabrik aufgebrochen wurde.»
«Das kann Orton ebensogut getan haben.»
«Obwohl er die Schlüssel für die Tür besitzt?»
«Sir, ich dachte, Ihre Theorie lautet, daß Orton das Feuer als unglücklichen Zufall darstellen will?»
Palletts bleiches Gesicht lief rot an. «Er hätte es trotzdem getan haben können, um den Verdacht von sich abzulenken, wenn man tatsächlich eine Brandstiftung vermuten sollte. Mr. Samson läßt gar keinen Zweifel daran, daß Orton der Schuldige ist.»
«Das habe ich vernommen.»
Pallett blickte Pointer wieder an, aber dessen Gesichtsausdruck blieb unverbindlich. «Sie werden also Orton nicht verhaften?»
«Meiner Ansicht nach waren die Brandstifter zwei Jugendliche. Der Name des einen lautet Albert Craster.»
«Was für ein Motiv sollten diese beiden wohl haben?»
«Pyromanie, Sir.»
Samson öffnete zum erstenmal den Mund. «Sie wissen wohl nicht viel über Brandstiftung, oder, Inspektor?»
«Möglich», antwortete Kerry.
«Pyromanen sind immer Einzelgänger, Inspektor.»
«Ich habe wenigstens etwas in meinem Beruf gelernt, Mr. Samson. Das Wort ‹immer› existiert bei uns nicht.»
«Vielleicht», meinte Pointer in seiner langsamen Art, «meinen Sie beide nicht dasselbe, obwohl Sie dasselbe Wort gebrauchen.»
«Und vielleicht erlaubt sich der Herr Inspektor, sich von dem Gefühl der Freundschaft ein wenig beeinflussen zu lassen», murmelte Samson.
«Was soll das heißen?» fragte Kerry wütend.
«Sie und Orton sind befreundet, nicht wahr?»
«Ich bin ihm bisher zweimal in meinem Leben begegnet, und wenn Sie ...»
«Schon gut», unterbrach Pointer mit scharfer Stimme.

«Ich nehme doch an, Mr. Samson, daß Sie das nicht im Ernst gemeint haben?»

Samson blickte Pallett an, aber der Superintendent wich dem Blick sorgfältig aus. «Ich habe nur ...» Samson beendete den Satz nicht.

«Ich glaube, wie die Dinge im Augenblick stehen», sagte Pointer, «würde es am besten sein, sich darauf zu einigen, daß es immer noch zwei Möglichkeiten gibt, den Fall der Brandstiftung auszulegen.»

Detektivsergeant Stevens betrat die Eisen- und Haushaltwarenhandlung in der neuen Siedlung südwestlich von Bilhurst. Er stand lächelnd vor dem Ladentisch und wartete, bis der Verkäufer sich mit ihm beschäftigte.

«Polizei», sagte er, «nur ein paar kurze Fragen und nichts, was Ihnen Ärger bereiten könnte. — Führen Sie hier auch Kerzen?»

«Kerzen?» echote der Verkäufer.

«Genau das.»

«Nun, natürlich führen wir Kerzen. Was hat's damit?»

«Alles zu seiner Zeit, denn, wie mein Spieß früher immer zu sagen pflegte, Methode ist die halbe Arbeit. — Was für eine Sorte von Kerzen führen Sie denn?»

«Ich ... ich hole den Geschäftsführer.»

«Tun Sie das, mein Junge, und während Sie ihn holen, sehe ich mir mal schnell das da an.» Er langte mit dem Arm auf ein Regal hinauf, holte eine Küchenmaschine herunter und untersuchte sie genau. Als er das Preisschildchen sah, seufzte er.

Ein Mann in mittleren Jahren mit einem prächtig gedeihenden Schnurrbart trat hinter einem hohen Stapel von Aluminiumkochtöpfen hervor.

Stevens stellte die Küchenmaschine auf den Ladentisch. «Ich bin Detektivsergeant Stevens, Bilhurst, Kriminalabteilung. Wir stellen gewisse Ermittlungen an, und Sie können uns vielleicht helfen. Was für ein Fabrikat von Kerzen haben Sie für den Verkauf vorrätig?»

«Vor einigen Jahren haben wir alle Sorten bis auf Rennets-Kerzen aus dem Sortiment ausgeschieden. Rennets-Kerzen sind etwas billiger als die Konkurrenz und genau so gut.»

«Im Hochsommer gehen ja Kerzen sowieso kaum, oder?»

«Fast gar nicht; aber wir verkaufen natürlich das ganze Jahr über Kerzen nur so nebenbei.»

«Haben Sie kürzlich welche verkauft?»

Der Geschäftsführer drehte sich um und blickte den Verkäufer an: «Wissen Sie etwas darüber, Bill?»

Der Verkäufer überlegte sich die Frage ziemlich lange. Schließlich sagte er: «Einige.»

«An eine Person oder mehrere?» fragte Stevens.

«Kann mich nur an eine erinnern.»

«Haben Sie eine Ahnung, wer das gewesen sein könnte?»

«Ich kenne seinen Namen nicht.»

Stevens blieb bei seinem gutmütigen Plauderton. «Aber ich glaube bestimmt, daß Sie sich noch an den Kunden erinnern können.»

«Sicher. Er kam herein und fragte nach einer Packung von zwölf Kerzen.»

«Was für ein Käufer war das: jung, alt, klein, groß?»

«Ich glaube, das kann ich Ihnen ... Moment! Ja! Groß und breitschultrig, einer von diesen Eckenstehern in Lederjacken. War bestimmt schon mal in Schwierigkeiten, stimmt's?»

«Wie alt könnte er Ihrer Schätzung nach sein?»

«Ich würde sagen, zwanzig. Und ich will Ihnen noch was sagen: er schien mir nicht ganz richtig im Kopfe zu sein.»

«Würden Sie ihn wiedererkennen?»

«Sicher würde ich das. Ich habe ein ausgezeichnetes Gedächtnis für Visagen.»

«Hat er außer Kerzen noch etwas gekauft?»

«Das war alles und ... nein, stimmt nicht! Da war noch

etwas. Ein Dutzend Kerzen und ... Petroleum. Fragte nach zehn Litern Petroleum, hatte aber keinen Kanister dabei. Wurde ganz aufgeregt, als ich ihm sagte, er müsse einen Kanister mitbringen. Sagte, wenn wir das Zeug verkaufen, müßten wir auch den Kanister stellen. Schließlich habe ich ihm einen 'rausgesucht.»

«Wie lange liegt das wohl schon zurück?»

«War erst in der vergangenen Woche.»

«Wir können das Datum sicher feststellen», sagte der Geschäftsführer. «Im Vertrauen, ist es ein bedeutender Fall?»

«Kommt darauf an, was Sie bedeutend und was Sie unbedeutend nennen. Sie werden doch, im Vertrauen gesagt, mit niemandem darüber sprechen, nicht wahr?» Stevens wandte sich wieder an den Verkäufer. «Jemand wird hier mit ein paar Fotos vorbeikommen und Sie fragen, ob Sie jemanden darauf wiedererkennen.»

Er verließ den Laden wieder und streckte sich ein paarmal in der Sonne. Dann nahm er seine Liste heraus. Er mußte noch drei Geschäfte aufsuchen, die sich mit dem Verkauf von Haushaltartikeln befaßten.

Er dachte voll Bitterkeit daran, daß der Superintendent Kerry das Leben so schwer machte. Wenn Kerry zu dem Schluß gekommen war, daß zwei Jugendliche die Fabrik angezündet und Ewebank ermordet hatten, dann sollte er ihn, verdammt noch mal, in Ruhe daran arbeiten lassen, den Fall aufzuklären!

11

Detektivkonstabler Figg hatte ein Gesicht, das schon manchen Verbrecher getäuscht hatte: er hatte so harmlose Vergißmeinnichtaugen und einen so naiven Blick, daß man ihm den scharfen Verstand gar nicht zutraute, der sich dahinter verbarg.

Er ging in das Gasthaus und bestellte sich ein Glas Bier, und eine kleine stämmige Frau im mittleren Alter bediente ihn. Während er das Bier trank, betrachtete er mißbilligend den Spielautomaten, der neben dem alten Kamin stand. Er war ein konservativ eingestellter Mann, der die Traditionen seines Mutterlandes schätzte. Ein Spielautomat in einem alten Dorfgasthaus war für ihn ein eklatanter Verstoß gegen die ehrwürdigen Traditionen des englischen Landlebens.

Seine schlechte Laune war zum Teil darauf zurückzuführen, daß er seine heutige Tagesarbeit als glatte Zeitverschwendung betrachtete. Er hatte Yarnby nirgends auftreiben können, und dessen Nachbarn und Bekannte waren entweder sehr zurückhaltend mit ihren Auskünften oder bar jeder Kenntnis seiner näheren Lebensumstände gewesen.

«Es ist hier immer recht still bis sieben Uhr abends», sagte die Frau, als müsse sie ihren Gast unterhalten.

«So — wirklich?»

Sie betrachtete seine einsilbige Antwort als Aufmunterung, das Gespräch fortzuführen.

«Vor fünfzehn Jahren war das noch anders: damals wäre jetzt die Gaststube voll gewesen. Aber die Fernsehgeräte, Sie wissen ja ... Sie sind hier nur auf der Durchreise?»

«Ich arbeite für eine Zeitung», sagte Figg geistesabwesend.

«Schauen sich sicher hier um wegen der schrecklichen Geschichte, nicht wahr?»

«Stimmt.»

«Furchtbar. Ich sage Ihnen klipp und klar, wie ich solchen Brüdern das Handwerk legen würde. Aufhängen muß man sie! Wenn sie wissen, daß der Strick auf sie wartet, werden sie die kleinen Mädchen gleich in Ruhe lassen.»

«Glauben Sie? Manche können gar nichts dafür, daß sie sich so verhalten. Es ist ein Zwang.»

Sie schüttelte entrüstet den Kopf. «Was hilft das wohl der Mutter, ob der Bursche was dafür kann oder nicht? Heutzutage ist man viel zu nachsichtig. Ich kann nicht behaupten, daß ich mit Mrs. Yarnby dick befreundet wäre, und ich habe schon öfters an dieser Theke mit ihr gestritten, aber als ich hörte, was ihrem Kind zugestoßen ist, hat sie mir schrecklich leid getan.»

«Man sagt, sie sei auch nicht so ganz geheuer.»

«Mrs. Yarnby? Können Sie ihr das übelnehmen? Haben Sie ihren Mann schon mal gesehen?»

Figg schüttelte den Kopf.

«Verdient nicht schlecht und setzt dann den Lohn in Spirituosen um, so daß die Frau und das Kind nicht einmal das Salz für die Suppe kaufen können.»

Figg überlegte, wieviel Geld die schlimme Angewohnheit von Mrs. Yarnbys Gatten dieser Frau wohl einbringen mochte. «Schlimm, schlimm», sagte er und leerte sein Glas.

«Dasselbe noch einmal?» fragte sie.

Figg dachte daran, daß der Inspektor für alles aufkommen würde. «Danke, ja — und wie steht es mit Ihnen?»

«Das ist aber liebenswürdig von Ihnen. Ich werde mir nur ein kleines Glas einschenken, wenn es Ihnen nichts ausmacht.» Sie füllte sein Glas nach und schenkte sich einen Whisky ein. «Sie würden es nicht für möglich halten, wenn Sie sehen, wie sich Moira Yarnby kleidet, daß sie schon auf die Vierzig zugeht. Sie muß älter sein als ich.»

«Wirklich?» fragte Figg höflich.

«Aber sie hat sich bei dem Kerl aufgeführt, als ob sie siebzehn wäre und der Brautstand ihr noch bevorstehen würde. Da muß mindestens ein Unterschied von fünfzehn Jahren dazwischen sein. Nicht gerade ein herzerfrischender Anblick, kann ich Ihnen versichern.»

«Sie kommt wohl öfters mit 'nem Freund hierher?»

Die Frau lachte geringschätzig. «Hierher? Wo ihr

Mann zu jeder Stunde auftauchen könnte? So meschugge kann man ja gar nicht sein. Ich war drüben in Caithone auf Besuch, wo ein Bekannter von mir ein nettes kleines Wirtshaus gepachtet hat, und wer kommt da nicht zur Türe herein? Natürlich sie und der junge Finch. Ich kannte ihn schon, als er noch kurze Hosen trug — und schauen Sie ihn jetzt an: poussiert mit einer Frau herum, die doppelt so alt ist wie er.»

«Stammt er von hier?»

«Hat nette Eltern, aber an ihm ist nichts Nettes zu entdecken, wenn man genauer hinsieht. Schwarze Lederjacke, Pomade im Haar und ein Motorrad mit einem Fuchsschwanz — da haben Sie ihn. Immer bereit, wenn es leicht oder krumm ein paar Pfund zu verdienen gibt. Er kommt bestimmt auch mal auf die schiefe Bahn, da gebe ich Brief und Siegel darauf.»

«Kennen Sie die Tochter der Yarnbys?»

«Das arme kleine Ding? Ich möchte nur wissen, was für ein Leben die hat, bei solchen Eltern.»

«Intelligentes Kind?»

«Sie ist nicht so stupid wie ihr Vater, aber so was kann's ja auf der ganzen Welt nicht zweimal geben. Wenn ich nur denke, was dieser Strolch ... Warum hat die Polizei ihn nicht eingesperrt?»

«Vielleicht hat sie noch nicht genügend Beweise.»

«Beweise! Das ist alles, wovon die reden können. Ich sage Ihnen, was wirklich dahintersteckt. Die pfeifen darauf, was mit Leuten wie Ihnen und mir geschieht.»

Figg trank sein Glas aus und stellte es auf die Theke. «Ich muß mich mal wieder auf den Weg machen.»

«Müssen wohl Ihren Bericht noch für die Morgenausgabe schreiben, habe ich recht?»

«Für die was?»

Sie sah ihn mißtrauisch an. «Sie sagten doch, Sie arbeiten bei der Zeitung, oder?»

Figg dachte rasch. «Ich bin von der Lokalredaktion, und da berichten wir nur einmal in der Woche.» Ehe er noch weitere unbequeme Fragen beantworten mußte, zog er sich schleunigst zurück und ging zu seinem Wagen.

Detektivsergeant Stevens starrte mißbilligend auf das Haus, in dem Albert Craster mit seinen Eltern wohnte. Es stand in einem Häuserblock, den man im Jahre 1890 errichtet hatte. Reparaturen hatte man bestimmt seit einigen Jahrzehnten nicht mehr ausgeführt, und Holzverschalung und Mauerputz hatten sich im Laufe der Zeit auf ein schmutziges Rostbraun als gemeinsame Farbe geeinigt. Im Hausflur schlug Stevens ein Geruch entgegen, der sich aus Schmutz, Speiseresten und faulendem Holz zusammensetzte. Albert Craster war nicht zu Hause. Er fragte die Eltern, wann Albert zurückerwartet würde, und sie sagten, sie wüßten es nicht.

Als Stevens schon wieder unverrichteterdinge abziehen wollte, hörte er auf der Rückseite des Hauses eine Türe laut ins Schloß fallen. Kurz darauf trat ein großer breitschultriger junger Mann in den Hausflur. Auf seinem Gesicht lag ein mürrischer Zug, der sich bald zu Mißtrauen steigerte, als er den Detektivsergeanten erblickte. In auffallendem Gegensatz zu seinen Eltern trug er frische Wäsche.

«Ich bin Detektivsergeant Stevens von der Kriminalabteilung in Bilhurst», sagte Stevens.

Erschrocken blickte sich Craster nach seinen Eltern um, als wollte er bei ihnen Hilfe suchen, aber diese zeigten deutlich, daß von ihnen keine zu erwarten war. «Ich hab' nichts getan.»

«Das ist schön.»

«Ich weiß überhaupt nichts von dem Feuer.»

Stevens lächelte gütig. «Was für ein Feuer?»

«In der Fabrik.»

«Du hast das Feuer gesehen, nicht wahr?»

«Ich gehe nirgends hin.»

«Du kannst aber ruhig ein bißchen mit mir kommen.»

Crasters Vater sagte mit weinerlicher Stimme: «Tu,

was dieser Herr sagt, Bert. Wir wollen keinen Ärger haben.»

Stevens hielt das für den günstigsten Moment, sich zu verabschieden. Er öffnete die Haustüre. «Ich habe einen Wagen draußen», sagte er munter.

Die Fahrt zur Polizeistation dauerte keine zehn Minuten. Während dieser Zeit gab Craster keinen Laut von sich.

Stevens führte Craster in den Verhörraum, rief einen Polizisten herein und erstattete Kerry dann Bericht.

«Ich habe Craster unten im Verhörzimmer, Sir.»

«Was für einen Eindruck macht er?»

«Einen tölpelhaften, Sir. Aber ich habe das Gefühl, daß er nicht so simpel sein wird, wie wir ihn gern haben wollen. Etwas habe ich bereits herausgefunden. Bevor ich ein Wort von einem Tatort erwähnen konnte, stritt er bereits ab, etwas über den Brand in der Fabrik zu wissen.»

Kerry sprach mit spürbarer Genugtuung. «Dann wollen wir mal sehen, was er noch alles nicht weiß.»

Sie gingen die Treppe hinunter zum Verhörraum. Der Polizist zog sich wieder zurück.

Craster blickte in eine Ecke. Er hatte offensichtlich Schwierigkeiten, seine Arme und Beine still zu halten, und schließlich stand er auf.

Kerry zog eine Schachtel Zigaretten aus der Tasche und bot Stevens eine Zigarette an. Craster beachteten sie nicht. Kerry setzte sich an den Tisch und faltete ein Blatt Papier auseinander. Er las es durch, dann winkte er Stevens zu sich heran, der das Papier mit gerunzelter Stirne studierte.

Kerry blickte plötzlich auf. «Wie heißt dein Spezi?»

Craster fuhr zusammen, als er plötzlich in das Gespräch eingeschaltet wurde. «Mein ... Spezi?»

«Man sagt, er sei ein Zwerg im Vergleich zu dir. Stimmt das?»

«Ich weiß nicht.»

Kerry lächelte. Stevens zuckte die Achseln, zeigte auf eine Stelle auf dem Papier und setzte sich dann neben Kerry.

«Ich habe keinen Spezi», sagte Craster heiser.

«Warum willst du denn das noch abstreiten?»

«Aber ich habe doch keinen.»

«Albert, bist du schon mal in Sperrys Laden gewesen?» Craster legte eine Hand auf den Stuhl neben ihm. Er zögerte, dann setzte er sich doch.

«Kaufst dort deine Kerzen ein?» sagte Kerry.

«Ich habe keine Kerzen gekauft.»

«Aber das stimmt doch gar nicht, oder?»

«Ich sagte schon, daß ich nicht Kerzen gekauft habe.»

«Wir wissen aber, daß du dort ein Paket mit zwölf Kerzen gekauft hast.»

«Nein.»

«Du hast auch Petroleum eingekauft.»

«Nein, habe ich nicht.»

«Mußtest dir einen Kanister ausleihen.»

«Habe ich nicht.»

«Wofür hast du die Kerzen gebraucht?»

Craster ging tatsächlich in diese plumpe Falle: «Im Haus.»

«Alle zwölf?»

«Ja.»

«Ist denn euer Haus nicht an die Lichtleitung angeschlossen?»

«Ja.»

«Wofür hast du das Petroleum gebraucht, Albert?»

«Ich habe keines gekauft.»

«Hör mal zu, mein Junge, wir sind nicht blöd, und wir haben schon eine Menge über dich herausbekommen. Du wolltest ein Feuer anzünden, stimmt's?»

«Das stimmt nicht.»

«Du hast zwei Kerzen als Zünder verwendet, weil du schon weit weg sein wolltest, als das Feuer losging. Du hast deinen Spaß am Feuer, habe ich recht?»

«Ich weiß nicht.»

«Hat dein Spezi das Zündeln auch so gern?»

«Nein, das hat er nicht.»

«Dann hast du also doch einen Spezi. Wie heißt er denn?»

«Weiß nicht.»

«Du bist aber jetzt wirklich dumm, Albert. Wir haben gerade einen Wagen losgeschickt, um ihn hierherzubringen. Wenn wir merken, daß du uns nicht helfen willst, können wir recht ungemütlich werden. Also — wie nennst du ihn?»

«Bill.»

«Und du hast uns erzählt, daß er mit seinem Familiennamen Jones heißt. Hoffentlich hast du uns nicht schon wieder angeschwindelt.»

«Er heißt nicht Jones, er heißt Pitts. Ehrlich, er heißt Pitts. — Geben Sie mir ein Stäbchen, ja?»

«Erst, wenn du uns Fragen beantwortet hast. Bill lebt in deiner Nachbarschaft, stimmt's?»

«Und wenn schon?»

«Er arbeitet für die Gemeinde?»

«Nein, das tut er nicht.»

«Hör zu, Albert, versuche nur nicht, uns durcheinanderzubringen!»

«Er arbeitet in einer Fleischerei. Bestimmt, er arbeitet in einer Fleischerei.»

«Der Fleischer ist bei euch in der Nähe?»

«Ja.»

«Gut.» Kerry nahm das Blatt Papier wieder in die Hand und gab vor, es durchzulesen. Dann legte er es wieder auf den Tisch. «Wer hat den Plan ausgeheckt?»

«Was für einen Plan?»

«Die Fabrik in Brand zu stecken?»

«Ich weiß nichts davon, ehrlich.»

«Hat einer von euch die Kerzen getragen und der andere das Petroleum? Natürlich hast du das Schloß am Tor an der Südseite aufgebrochen. Schlösser sind deine Spezialität, nicht wahr?»

«Ich hab' nichts getan.»
«Habt eine Menge Kleider mit Petroleum übergossen und dann die Kerzen obendrauf gestellt. Und das gab ein schönes Feuer, habe ich gehört, oder?»
«Ich weiß nichts.»
«Du warst es, der das Schloß aufgebrochen hat!»
«Nein, war ich nicht.»
«Natürlich warst du's.»
«Ich hab' nicht, ich hab' nicht!»
«Du warst doch schon zweimal dafür vor Gericht, weil du Schlösser aufgebrochen hast. Das erste Mal bekamst du Bewährungsfrist und das zweite Mal ein paar Monate Besserungsanstalt. War's schwierig, das Schloß aufzukriegen?»
«Ich war's nicht.»
«Was für einen Dietrich hast du gebraucht?»
«Ich war gar nicht in der Nähe von der Fabrik.»
«Man hat dich aber dort gesehen, dich und Bill, und ihr wart so aufgeregt, hat man mir erzählt, als hättet ihr eine Verabredung mit einer Nackttänzerin.»
«Ich war aber nicht vorher dort.»
«Wann vorher?»
«Bevor das Feuer losging.»
«Aber woher weißt du denn, wann das Feuer eigentlich ausgebrochen ist?»
Craster schüttelte den Kopf.
«Du hast dir also das Feuer angesehen?»
«Eine Menge Leute haben das gesehen.»
«Keiner von denen war aber aufgeregt. Hat es dir tüchtigen Spaß gemacht?»
«Ich hab' nichts getan.»
«Warum hast du dich denn dann so aufgeregt?»
«Ich . . . ich hab' Feuer gern.»
«Warum?»
«Warum? Ich hab' es eben gern.»
«Hast es lieber als ein Mädchen?»
Craster schüttelte wieder den Kopf.

Detektivsuperintendent Pointer betrat das Polizeigebäude in Bilhurst um 19 Uhr 33. Er fragte, ob Kerry bereits heimgegangen sei, und man teilte ihm mit, daß er im Augenblick einen Verdächtigen verhöre.

«Ich möchte ihn gern sprechen, und ich bin in seinem Büro», sagte Pointer. Er ging die Treppe hinauf zu Kerrys Dienstzimmer. Als er die Türe des Zimmers hinter sich geschlossen hatte, starrte er auf einen Kalender an der Wand, auf dem eine Dame abgebildet war, die nicht unbedingt alles verhüllen wollte, was sie hatte. Er überlegte, wenn er ein paar Jahre jünger gewesen wäre, würde ihm der Anblick dieser Dame recht nahegegangen sein. Er kam zu dem Schluß, daß er ihm noch immer nahe genug ging.

Kerry trat ein. «Ich wußte gar nicht, daß Sie immer noch in Bilhurst sind, Sir.»

«Ich habe eine betagte Kusine, die draußen in Torsham wohnt, und ich dachte, ich könnte meine Familienpflichten auch gleich hier erledigen. Man sagte mir, Sie haben einen unten in der Mühle?»

«Nur einen von den Brandstiftern, Sir», sagte Kerry eine Spur zu beiläufig.

«Haben Sie, tatsächlich! Das ist genau die Nachricht, die ich nach meinem Besuch bei meiner jungferlichen Kusine brauche. Packt er aus?»

«Er fing an, aber schließlich wurde er schweigsamer als eine Miesmuschel.»

«Wie lange haben Sie ihn schon hier?»

«Ungefähr eine Stunde.»

«Werden Sie ihn formell beschuldigen?»

«Das wird wohl im Augenblick noch nicht möglich sein, Sir.»

«Wie sieht es mit Ihren Beweisen aus?»

«Er sah das Feuer von Anfang an, und er war ungewöhnlich erregt. Er hat ein Strafregister. Er kaufte ein Dutzend Rennets-Kerzen und einen Kanister Petroleum am Montag vor dem Feuer.»

«Haben Sie nachweisen können, daß er das Petroleum nicht zu einem anderen Zweck verwendet hat?»

«Noch nicht, Sir.»

«Was für ein Motiv hat der Mann?»

«Pyromanie.»

«Haben Sie ihn schon mit anderen Brandstiftungen in Verbindung bringen können?»

«Nein, Sir.»

Pointer steckte die Hände in die Hosentaschen. Als er wieder sprach, war seine Stimme hart. «Sie können damit kein Gericht überzeugen, Kerry, auch wenn Sie die Richter bestechen würden.»

«Er wird gestehen.»

«Wann?»

«Später, wenn nicht früher.»

«Sind Sie sicher, daß er mit dem Feuer etwas zu tun hat? Sind Sie sicher, daß Sie nicht verzweifelt nach jemandem suchen, der in Ihre Theorie hineinpaßt?»

«Wir haben das alles schon einmal besprochen, Sir.»

«Richtig, wir haben das alles schon einmal besprochen, und trotzdem haben Sie mich noch nicht überzeugen können.»

«Ich bin überzeugt, daß wir den richtigen Mann gefaßt haben.»

«Sie können ein sturer Hund sein», sagte Pointer. «Sie versuchen einen Sittenstrolch reinzuwaschen, während alle Welt davon überzeugt ist, daß er schuldig ist, und Sie versuchen, ein paar Jugendliche der Brandstiftung und des Mordes zu überführen, während alle Welt sagt, sie seien unschuldig und es wäre ein anderer Mann.»

«Die Welt ist ein verdammt schlechter Richter, Sir.»

«Und das ist auch ein Mann mit einer fixen Idee, Kerry, und Sie müssen sich das jetzt ständig vor Augen halten. Stellen Sie sich nur einmal Ihre Lage vor, wenn er nicht gesteht!»

«Wenn er nicht gesteht, tut es der andere.» Kerry hoffte, er sprach überzeugender, als ihm zumute war. Es sah ganz danach aus, als ob nur ein Geständnis die Täter überführen könne — was passierte also, wenn Craster oder Pitts nicht gestanden? Was dann?

12

Um 8 Uhr 30 am Sonnabendmorgen rief Kerry Brendon und Figg zu sich.

«Brendon, Sie nehmen das Foto von Craster und zeigen es zusammen mit anderen Fotos dem Verkäufer in Sperrys Laden. Wenn Craster von den Leuten dort identifiziert wird, sorgen Sie um Gottes willen auch dafür, daß die Identifizierung in der Verhandlung bombensicher ist.»

«Jawohl, Sir.»

«Figg, Sie suchen Crasters Eltern auf. Stellen Sie fest, was für Kerzen im Hause verwendet werden. Fragen Sie, wofür Petroleum im Hause gebraucht wurde. Überprüfen Sie alle Petroleumöfen und dergleichen. Sie müssen einen uniformierten Beamten als Begleiter mitnehmen.»

«Jawohl, Sir.»

«Ich werde Pitts verhören. Beard wird als Zeuge mitkommen.»

«Ich muß Ihnen noch etwas berichten, Sir.»

«Was?» Kerry blickte Figg fragend an.

«Hatte gestern keinen Erfolg, Sir.»

Kerrys Gedanken beschäftigten sich schon so sehr mit der Zukunft, daß man ihn an Vergangenes erinnern mußte: «Was war gestern abend?»

«Ich habe Yarnby nirgends entdecken können, obwohl ich alle Gasthäuser im Bezirk abklapperte.»

«Schon gut.»

«Unterschreiben Sie mir meinen Spesenzettel, Sir? 32 Shilling und 7 Pence.»

«Bei dieser Rechnung müssen Sie ja bereits unter dem Tisch gelegen haben.»

Figg grinste. «Ich stand unter Alkoholeinfluß, aber ich lag nicht unter dem Tisch.»

«Werfen Sie den Zettel auf meinen Schreibtisch. Ich werde mich darum kümmern, wenn ich Zeit habe.»

Figg hätte gern darauf hingewiesen, daß er das Geld notwendig brauche, aber er entschied sich dann doch anders. «Noch etwas, Sir.»

«Was, zum Teufel, denn noch?»

«Ich sprach mit der Wirtin in einem Gasthaus. Sie sagte, sie habe Mrs. Yarnby mit ihrem Freund in einem Gasthof in Caithone gesehen. Der Freund ist mindestens 15 Jahre jünger als sie. Die Wirtin meinte, Mrs. Yarnby habe sich wie ein verliebter Backfisch aufgeführt, der gern seine Unschuld verlieren möchte.»

«Und?»

«Das ist alles.»

«Viel Geld um nichts», sagte Kerry ungeduldig. «Gehen wir!»

Als Kerry mit dem Wagen vor dem kleinen Haus hielt, in dem die Familie Pitts wohnte, lehnte Beard am Laternenmast schräg gegenüber und las die Morgenzeitung. Als er die Wagentüre zufallen hörte, blickte er auf und faltete rasch die Zeitung zusammen.

«Guten Morgen, Sir.»

«Sind alle zu Hause?»

«Weiß ich nicht, Sir. Wollte Ihnen das Anklopfen überlassen.»

Kerry öffnete das Gartentor und ging durch den Vorgarten, in dem das Gras einen harten Existenzkampf führte. Er klopfte an die Haustüre. Noch in der gleichen Sekunde wurde sie von einer Frau geöffnet. Sie gleicht einem Zwerghuhn, durchfuhr es Kerry.

«Mrs. Pitts?»

«Ja?» sagte sie schüchtern und blickte Beard an, der hinter ihm stand.

«Ich bin Detektivinspektor Kerry von der Kriminalabteilung in Bilhurst. Dieser Herr ist Detektivkonstabler Beard.»

Sie schrak zusammen.

«Können wir eintreten?»

Sie hielt die Tür weit offen, winkte ihnen zu, in das Wohnzimmer zu treten, das rechts von der Diele lag. Hier war alles sauber und aufgeräumt.

«Was . . . was ist passiert?» fragte sie.

«Wir sind gekommen, um uns mit Ihrem Sohn zu unterhalten. Ist er zu Hause, Mrs. Pitts?»

Sie schüttelte den Kopf. «Er ging zur Arbeit — keine zehn Minuten, ehe Sie klopften.»

«Ah — dann brauchen wir Sie ja nicht lange zu belästigen. Wir werden ihn eben am Arbeitsplatz besuchen. — Ich nehme an, daß dieses Haus überall elektrischen Anschluß hat?»

«Der Herd hat einen Gasanschluß, aber sonst . . . sonst ist alles an den Strom angeschlossen.»

«Dann haben Sie also keinen Bedarf an Kerzen?»

Sie starrte Kerry an. Ihre Finger zupften am Saum der Schürze.

«Halten Sie einen Vorrat an Kerzen?»

«Nein, nie.» Sie bemerkte plötzlich, daß Beard alles in sein Notizbuch schrieb. «Was ist denn passiert?»

«Nichts, was Ihnen Kummer machen könnte, Mrs. Pitts. Verwenden Sie irgendwo Petroleum? Haben Sie einen Petroleumkocher oder -ofen im Haus?»

«Gott bewahre! Die Dinger kommen mir nicht mehr ins Haus, seitdem so viele Menschen sich damit den Tod geholt haben.»

«Ihr Sohn ist mit Albert Craster befreundet?»

Ihr Gesicht verzog sich ärgerlich. «Er ist es, nicht wahr? Ich habe Bill so oft eingeschärft, er solle sich von ihm fernhalten. Ich habe gepredigt und gepredigt...» Sie schloß die Augen und strich sich mit der Hand über die Stirne, als ob sie plötzlich Kopfweh bekommen habe.

Dann öffnete sie die Augen wieder. «Was hat er angestellt?» fragte sie ganz leise.

«Am Mittwoch ist eine Fabrik abgebrannt.»

«Sie wollen doch nicht sagen, daß sie ... Albert etwas damit zu tun hat?»

«Wir wissen es noch nicht.»

«Das war doch das Feuer, in dem ein Polizist umgekommen ist?»

«Ja.»

Sie stöhnte und faßte nach der Stuhllehne. «Wenn doch nur Bills Vater nicht gestorben wäre! Bill ist ein guter Junge; aber als sein Vater starb und ich mich wieder verheiratete, war er wie umgewandelt. Es liegt nicht daran, daß Charlie nicht gut zu dem Jungen wäre: Bill will einfach nicht auf ihn hören. Bill ist nicht sehr kräftig, und in dieser Straße hat sich so eine Bande von Halbstarken organisiert. Die haben ihn immer gehänselt und schikaniert. Er kam einmal ganz blutig heim. Charlie wollte ihm helfen, aber Bill wollte das nicht haben. Dann hat Bill eines Tages Albert getroffen, und sie wurden Freunde. Albert hörte von der Bande, und Albert und Bill gingen zusammen weg und schlugen die beiden Führer der Bande so furchtbar, daß man den Doktor holen mußte. Danach haben sie sich nicht mehr an Bill zu vergreifen gewagt. Das ist der Grund, warum Bill so sehr an Albert hängt. Er will es einfach nicht hören, wenn man an Albert etwas aussetzt. Ich bin machtlos. Jeden Tag sage ich ihm, daß Albert ein schlechter Umgang für ihn ist, aber ...»

«Es tut mir leid», sagte Kerry mit belegter Stimme. Und er meinte es auch so.

«Er hat bestimmt nichts wirklich Böses getan. Dazu ist er nicht imstande. Ich schwöre, daß es so ist. Wenn etwas Schlimmes passiert ist, hat es Bert getan.»

Wenn die Beziehungen der beiden Jugendlichen tatsächlich so waren, wie sie Bills Mutter soeben geschildert hatte, war leider anzunehmen, daß Pitts bestimmt eine der beiden Kerzen angezündet hatte, überlegte Kerry.

«Wir werden jetzt wohl besser gehen und mit Bill sprechen», sagte er ruhig.

Sie bewegte sich nicht, als sie den Raum verließen. Kerry wußte, daß sie jetzt in Tränen ausbrechen würde.

Der Fleischerladen befand sich in einem Eckgebäude an einer belebten Straße. Die beiden Männer hinter dem Ladentisch trugen blaugestreifte Schürzen und Kittel. Der Geselle, der soeben aus dem Kühlraum trat, hatte eine blutbesudelte weiße Schürze umgebunden.

«Ist Bill Pitts gerade anwesend?» fragte Kerry.

Der Älteste von den dreien nahm ein langes Fleischermesser und begann es mit einem Wetzstein zu bearbeiten. «Nein», sagte er, «wer möchte denn was von ihm?»

«Die Polizei.»

«Oh! Hat wohl was ausgefressen?»

«Der?» sagte der Geselle verächtlich. «Der ist ein viel zu großer Angsthase.»

«Haben Sie vielleicht eine Ahnung, wo wir ihn jetzt finden können?» fragte Kerry.

Der Mann, der gerade das Messer wetzte, sagte: «Wo muß er heute zustellen, George?»

«Mrs. Smith und Mrs. Field sind zuerst dran. Dann kommt er zurück, und wir beide stellen dann gemeinsam mit dem Lieferwagen zu.»

«Richtig. Dann muß er jetzt in der Nähe der Gower Road sein. Wissen Sie, wo das ist?»

«Ich weiß es», sagte Beard.

Die beiden Detektive verabschiedeten sich. «Welche Richtung?» fragte Kerry, als er den Motor anspringen ließ.

«Die erste Straße rechts, dann die zweite wieder links. Ist eine Straße mit vielen viktorianischen Häusern.»

Sie waren bereits rechts abgebogen und passierten jetzt die erste Straße, die links abzweigte, als sie einen jungen Mann auf einem Fahrrad mit einem großen Korb an der Lenkstange erblickten. Kerry hielt am Straßenrand und rief den Radfahrer zu sich herüber. Er betrachtete den Jungen, als er mit dem Fahrrad einen Bogen fuhr: kleines spitzes Gesicht, blasse blaue Augen, die seinem Blick jetzt hartnäckig auswichen, und ein schmächtiger Körper.

«Bill Pitts?» fragte Kerry.

Der Junge blickte nach links und rechts, als überlege er sich einen Fluchtweg. Schließlich nickte er.

«Dann steig hinten ein, mein Junge. Nur eine kleine Aussprache. Wir sind Polizeibeamte.»

Pitts drehte die Lenkstange herum. Beard kletterte schnell aus dem Wagen. «Stelle das Fahrrad an die Mauer dort», befahl er.

Pitts kam dem Befehl nach.

«Nun steig hinten ein.»

Pitts schlüpfte in den Wagen. Als er merkte, daß Beard ihm folgte, rutschte er so weit in die Ecke, wie es irgend ging.

Kerry drehte sich in seinem Sitz herum und lehnte sich gegen die Seitentüre. «Wir haben gerade mit deiner Mutter gesprochen. Sie macht sich ernsthafte Sorgen um dich.»

Keine Antwort.

«Sie meint, deine Freundschaft mit Albert Craster wird dich noch in böse Schwierigkeiten bringen. Was sagst du dazu?»

«Sie mag ihn nicht.»

«Das ist auch kein Wunder. Er war bereits ein paarmal in ernsten Schwierigkeiten.»

«Was bedeutet das schon!»

Kerry hatte erwartet, einem furchtsamen Jungen zu begegnen. Jetzt mußte er entdecken, daß Pitts sehr geschickt seine Angst hinter zynischem Trotz zu verbergen wußte. «Kann sein, daß er diesmal in einer elenden Patsche sitzt. Keiner will, daß du auch noch wegen Albert Craster büßen sollst.»

«Das ist aber nett von Ihnen.»

«Wo warst du Mittwoch nacht?»
«Wie soll ich das heute noch wissen?»
«Warst du mit Bert zusammen?»
«Warum fragen Sie ihn denn nicht selbst? Sie haben ihm nie eine Chance gegeben, nicht wahr?» Pitts' Gesicht rötete sich.
«Eine Chance — wozu?»
Der Junge gab keine Antwort.
«War es ein aufregendes Feuer?»
«Was für ein Feuer?»
«Das Feuer, das ihr euch am Mittwoch in der Nacht angeschaut habt.»
«Wer sagt das?»
«Bert hat uns alles erzählt.»
«Das hat er nicht. Er spricht nicht mit Leuten, die ihm nicht sympathisch sind.»
«Er erzählte uns von den Kerzen und dem Petroleum, das er eingekauft hat.»
«Er würde Ihnen nichts sagen.»
Kerry fluchte im stillen. Er hatte seine ganze Hoffnung darauf gesetzt, daß der kleine Pitts so schwach sein würde, beim Anblick der Polizei sogleich ein Geständnis abzulegen. Statt dessen schien ihm die Polizei gerade erst recht Mut einzuflößen. Er brauchte das Geständnis als Schlußstein für den Fall. Wo sollte er jetzt sein Geständnis hernehmen?

Kerry nahm das Mittagessen zu Hause ein. Weil heute Samstag war, saß auch Liz am Mittagstisch. Sie blickte ihren Vater mit kritischen Blicken an. «Du siehst aber müde aus, Daddy», sagte sie.
Heather, die gerade in der Schublade des Eßzimmerbüfetts nach einem Schöpflöffel suchte, warf einen schnellen Blick auf ihren Mann.
Kerry nahm das Tranchiermesser in die Hand. «Wenn ich dürfte, würde ich gern das ganze Wochenende über schlafen.»

«Warum tust es denn nicht? Ich verspreche dir, ich rühre bis Montag keine Klaviertaste an.»

Er lächelte, dann begann er das Fleisch vorzuschneiden.

Heather fand schließlich einen Schöpflöffel und legte ihn in die Terrine mit den Erbsen. Sie setzte sich. «Du willst doch nicht wieder in die Polizeistation fahren, Don?»

«Leider doch, Heather.»

«Warum?»

Er schwieg.

«Warum?» fragte Heather beharrlich. «Du hast bis zur Erschöpfung gearbeitet. Warum sollst du dir nicht auch einmal Ruhe gönnen dürfen?»

«Du weißt die Antwort ebensogut wie ich. Ewebank wurde ermordet.»

«Bist denn du die einzige Person in der Welt, die diesen Fall bearbeiten darf? Oder schindest du dich nur so sehr, weil du Pallett beweisen mußt, daß du recht hast und er ...» Heather brach ab, als sie bemerkte, mit welcher Aufmerksamkeit ihre Tochter zuhörte. Heather kannte ihre Schwäche. Sie wußte, daß sie ihrem Mann immer dann besonders zusetzte, wenn sie sich um ihn sorgte. Über diesen Tick hatte sich ihr Mann schon oft geärgert, und sie konnte ihm das kaum verübeln.

Kerry schnitt die letzte Scheibe Fleisch ab. «Ich dachte, wir hätten den Fall bereits unter Dach und Fach, aber tatsächlich sitzen wir mit einem bösen Leck auf einem Riff fest. Pitts versteckt sich hinter Craster. Das ist bezeichnend für einen schwachen Charakter. Schwache Charaktere geben sofort nach, wenn sie von einem erfahrenen Mann verhört werden. In der Regel trifft das zu, aber hier haben wir eben die Ausnahme. Wenn der schwache Charakter nicht Pitts wäre, und der Leiter des Verhörs nicht ich ... ich kann dir sagen, dieser Bursche hat es ...» Er brach ab.

«Bist du ganz fest davon überzeugt, Don, daß du die Richtigen gefaßt hast?»

«Vollständig, unbedingt, absolut und ohne jeden Zweifel.»

Kerry saß wieder in seinem Büro und betrachtete die gegenüberliegende Wand. Nur die Beschränkten in dieser Welt arbeiten am Samstagnachmittag. Der Himmel war wolkenlos, die Hitze unerträglich.

Warum ging es nicht voran? Hatte er etwas übersehen? Wo war der Kanister hingekommen, in dem man das Petroleum an Craster verkauft hatte? Pitts war sicher der Schlaukopf gewesen, der ihn an einem Ort versteckt hatte, wo man ihn nicht entdecken würde. Pitts, seinem Freunde blind ergeben, hatte Beihilfe bei der Ermordung eines Polizisten geleistet, weil Craster eine Vorliebe für Feuer hatte. Was für ein geringfügigeres Motiv für einen Mord konnte es wohl geben?

Kerry stand auf und ging im Zimmer auf und ab. Die fadenscheinige Begründung, die die beiden für ihr Verhalten angaben, war gerade die Stärke ihrer Verteidigung. Sie hatten zugegeben, daß sie das Feuer beobachtet hatten: aber was war daran verboten? Wo waren sie vor dem Beginn des Feuers gewesen? Craster sagte, er sei durch die Straßen gewandert, und Pitts sagte, sie hätten sich um ihre Privatangelegenheiten gekümmert, und wen ginge das etwas an? Man hatte sie wegen der Kerzen und des Petroleums ausgequetscht. Sie behaupteten, sie hätten mit dem Petroleum Crasters altes Motorrad geputzt. Sie behaupteten, mit den Kerzen Licht in einem verlassenen Haus gemacht zu haben, das ihnen als geheimer Schlupfwinkel diente — eine fadenscheinige Begründung, aber in Anbetracht von Crasters Intelligenz war das eine sehr plausible Erklärung.

Was Craster an Verstand abging, ersetzte Pitts, der für seinen Freund mitdachte. Pitts war schlau. Er sah ein, daß man ihnen nichts anhaben konnte, solange sie nicht gestanden. Wie sollte man ihm also ein Geständnis entlocken? Konnte man Crasters Widerstand brechen?

Crasters Widerstand war nicht zu brechen. Er hatte es versucht. Angenommen, keiner gestand ...

Kerry nahm den Telefonhörer ab. «Ist Sergeant Stevens noch im Dienst?»

«Ich glaube ja, Sir», sagte der Polizist von der Vermittlung.

«Geben Sie ihn mir an den Apparat.»

Innerhalb von zwanzig Sekunden sprach er mit Stevens: «Bringen Sie Pitts hierher in die Inspektion.»

«Jetzt, Sir?»

«Ja, sofort. Wenn er im Verhörraum ist, werden wir ihn abwechselnd verhören. Möglich, daß wir so endlich zum Erfolg kommen, der uns im Wagen versagt blieb.»

«Jawohl, Sir.»

Kerry legte den Hörer wieder auf. Während des Verhörs würde er hart sein, Stevens würde den gutmütigen Beamten spielen. Er würde ihn streng ins Gebet nehmen, Stevens würde Mitgefühl und Verständnis zeigen. Das war eine erprobte Technik, die selten versagte.

Stevens kam nach fünfzehn Minuten wieder in die Inspektion zurück. Er brachte Pitts in den Verhörraum und gab ihm eine Zigarette. Dann stieg er zu Kerrys Büro hinauf, um Meldung zu erstatten, nachdem er einen Polizisten zur Bewachung zurückgelassen hatte.

Kerry kam in den Verhörraum, und von Anfang an war sein Benehmen brüsk und unfreundlich. «Hast du deine Meinung geändert, Junge?» sagte er, als er sich setzte. Er blickte nach rechts, um sich zu vergewissern, daß der uniformierte Polizist sich Notizen machte.

«Wegen was?»

«Gibst du es jetzt endlich auf, die verfolgte Unschuld spielen zu wollen, und erzählst uns die Wahrheit?»

«Mich legen Sie nicht herein.»

«Du machst dir das Leben nur unnötig schwer.»

«Bis jetzt war's auszuhalten.»

Kerry zündete sich bedächtig eine Zigarette an. Er starrte Pitts eine Weile schweigend an. Das Schweigen war eine wirksame Methode: es regt die Phantasie an, und die Phantasie ist eine Waffe, die der Mensch meistens gegen sich selbst richtet.

Nach zwei Minuten hatte Kerry jedoch die lächerliche Vorstellung, daß der Junge sich über ihn lustig mache.

«Man wird dir den Prozeß machen, Junge, und die Anklage heißt Mord.»

Pitts zuckte mit den Schultern.

«Du bist alt genug, daß man dich lange Jahre ins Zuchthaus stecken kann.»

«Solchen kleinen Burschen wie mir tun sie nichts. Heutzutage wird keiner mehr hart angefaßt.»

«Mörder werden nicht geschont.»

Pitts schwieg.

«Hör zu, mein Junge, ich will dir ja nur helfen.»

«Sie strengen sich aber mächtig an.»

«Ein Polizist kam in dem Feuer um, das du gelegt hast. Das kann dir eine lebenslängliche Zuchthausstrafe einbringen.»

«Wenn ich ein Taschentuch hätte, würde ich jetzt weinen.»

«Dir vergeht der Spott noch, wenn du erst eingesperrt bist. Eine kurze Strafe ist erträglich, weil man weiß, sie hat einmal ein Ende. Aber lebenslänglich — da lebt man wie ein Tier hinter Gittern. Du darfst nur tun, was man dir befiehlt. Alkohol? Den kennst du nur noch vom Hörensagen. Du bekommst nur soviel zu rauchen, daß dein Magen nach mehr schreit. Mädchen? Das ist nur eine Erinnerung.»

«Ich mag keine Mädchen.»

«Wollen sie nicht mit dir ausgehen?»

«Ich mag sie nicht.»

«Das redest du dir nur ein, oder?»

«Mein Ernst, ich mag sie nicht.»

«Ich wette, Bert geht mit ihnen aus.»

«Nein, das tut er nicht.»

«Sonderbarer Bursche, nicht wahr?»

«Er ist mein Freund.»

«Das hängt davon ab, was du unter einem Freund verstehst. Er hat uns eine Menge über dich erzählt. Weißt du das?»

«Er hat nicht ein Wort gesagt.»

«Er war so darauf versessen, seinen eigenen Hals zu retten, daß er gar nicht schnell genug auspacken konnte. Er war es, der uns verraten hat, es sei deine Idee gewesen, ein Bündel petroleumgetränkter Kleider um die Kerzen herumzupacken.»

«Das hat er nicht, das hat er nicht!»

«Das ist ja der Jammer mit solchen Burschen wie er. Du kannst dich nicht auf sie verlassen.»

«Sie lügen!»

«Nun, mein Junge, werde hier nicht frech. Überlege mal. Wenn wir dich anlügen: woher kommt denn dann unser ganzes Wissen? Wer sollte es uns denn erzählt haben, wie ihr das Feuer gelegt habt?»

«Bert würde kein Wort sagen.»

«Woher wissen wir, daß du eine Menge Kleider zusammengerafft und mit Petroleum übergossen hast? Woher wissen wir, daß ihr beide die Türe an der Südseite aufgebrochen habt? Woher wissen wir, daß ihr ein Feuer am Nordtor und eines am Südtor gelegt habt?»

Pitts schüttelte den Kopf.

«Er hat uns alles erzählt — alles!» Kerry beugte sich vor. Konnte er Pitts tatsächlich in eine solche Panik hineintreiben, daß er glaubte, Craster habe ihn verraten, und er habe alles verloren, was ihm teuer gewesen war?

Es klopfte an der Türe.

Kerry packte ein so heftiger Zorn, als würde eine Stichflamme in ihm aufsteigen.

Ein Polizist trat ein.

«Was, zum Teufel, wollen Sie hier? Habe ich nicht Befehl gegeben, daß man mich nicht stören darf?»

Der Polizist schluckte. «Ich weiß, Sir.»

«Also?»

«Der Polizeidirektor möchte Sie sofort im Dienstzimmer des Superintendenten sprechen, Sir.»

Kerry erhob sich. «Danke», sagte er steif.

Der Polizist trat ab.

Kerry starrte auf Pitts hinunter. Es war jetzt müßig, sich zu überlegen, ob er Pitts' Widerstand hätte brechen können. Der entscheidende Augenblick war vertan. Wenn er wieder in das Zimmer zurückkam, würde Pitts alle Gründe gefunden haben, die er brauchte, um seinen Glauben an Crasters Loyalität wiederherzustellen.

Kerry ging in Titans' Zimmer hinüber, wo Stevens wartete. «Ich bin in das Zimmer des Chefs gerufen worden. Übernehmen Sie jetzt Pitts», sagte er barsch. Stevens schüttelte den Kopf. Er fragte sich, was den Detektivinspektor in eine so schreckliche Laune versetzt haben konnte.

Als Kerry Palletts Zimmer betrat, saß Percy Gessing hinter dem Schreibtisch, einer der beiden Polizeidirektoren der Grafschaft. Pallett, der sehr respektvoll und ehrbietig aussah, stand rechts neben ihm.

«Guten Tag, Sir», sagte Kerry zu Gessing.

Gessing verschwendete keine Zeit für Förmlichkeiten. «Superintendent Pallett hat mich hierhergebeten.» Gessing war ein kleiner Mann mit einer überraschend tiefen Stimme. «Er ist außerordentlich beunruhigt über die Art, wie Sie die Geschäfte der Kriminalabteilung führen.»

«Weshalb, Sir?» fragte Kerry.

«Weshalb?» wiederholte Pallett verblüfft.

«Ich führe jetzt die Verhandlung, wenn ich bitten darf», raunzte Gessing. Er wandte sich an Kerry. «Sie bearbeiten im Augenblick zwei Kapitalverbrechen?»

«Jawohl, Sir.»

«Wegen dieser Notzuchtgeschichte hat es in der Öffentlichkeit viel böses Blut gegeben — sehr zum Schaden der Polizei.»

«Möglich, Sir, aber . . .»

«Superintendent Pallett erklärte mir, daß die Schuld des Täters absolut erwiesen sei.»

«Das stimmt nicht, Sir.»

«Mir ist weiterhin mitgeteilt worden, daß das Beweismaterial Orton als Brandstifter und Mörder überführt.»

«Nicht, wie ich den Fall sehe, Sir.»

«Mr. Samson erklärt, daß Orton ein persönlicher Freund von Ihnen ist.»

Kerry konnte sich jetzt nicht mehr beherrschen, obwohl er es gern wollte: zweimal der Bestechlichkeit beschuldigt zu werden, war zuviel. «Das ist eine verdammte Lüge. Ich bin mit Orton nur einmal zusammengetroffen, und zwar in Begleitung von Superintendent Anchor. Selbst wenn Orton mein bester Freund wäre ... Wollen Sie mir damit andeuten, daß ich ihn nur aus diesem Grund nicht verhaften will?»

«Nehmen Sie sich zusammen.»

«Das kann man leicht sagen. Aber Sie beschuldigen mich hier ...»

«Ich beschuldige Sie überhaupt nicht!»

«Sie sprechen mir auch nicht gerade Anerkennung aus. Vielleicht würden Sie gern hören, wie der Sachverständige Samson zu seinem sachverständigen Urteil kommt: Er fand heraus, daß eine gewisse Firma in einer schwierigen Lage war und der Besitzer dieser Firma in einem großen Haus wohnt und zwei Wagen fährt. Diese beiden Tatsachen reichten für Mr. Samson völlig aus, um sich sein Urteil zu bilden.»

«Wie können Sie es nur wagen, so einen Ton anzuschlagen!» mischte sich Pallett wieder ein.

Gessing blickte Pallett ärgerlich an und sagte dann ganz langsam: «Mr. Kerry, mir leuchtet es jetzt ein, daß wir sofort einen anderen mit den weiteren Ermittlungen betrauen müssen, und wenn auch nur aus dem Grunde, um derartige Szenen, wie wir sie jetzt hier erlebt haben, in Zukunft zu unterbinden. Mr. Pointer wird die verantwortliche Leitung in beiden Fällen übernehmen.»

«Sie glauben also, was man mir unterstellt, Sir?»

«Ich glaube im Augenblick nicht daran, daß Ihre Arbeit

durch eine Freundschaft beeinflußt wird, die vielleicht, oder vielleicht auch nicht, existiert. Aber ich glaube, daß es absolut notwendig ist — Ihretwegen und auch im Interesse einer anderen Person —, daß Mr. Pointer jetzt die Verantwortung übernimmt.»

«Gut, Sir.»

«Wenn Sie sich beruhigt haben, werden Sie hoffentlich die Notwendigkeit meines Schrittes einsehen.»

«Vielleicht, Sir.»

«Das ist alles. Mr. Pointer wird morgen früh hierherkommen.»

Kerry schritt zur Türe. Als er sie öffnete, glaubte er ein Lächeln auf Palletts Gesicht zu entdecken.

Kerry schritt den Korridor zum Verhörraum hinunter. Als er die Türe öffnete, lehnte sich Stevens gerade in seinem Stuhl zurück und sah aus wie ein Onkel, der seinen Lieblingsneffen betrachtet. Pitts drehte sich herum und starrte Kerry an.

Kerry schloß die Türe.

«Ich möchte gehen», sagte Pitts.

Kerry gab keine Antwort.

«Ich will heimgehen. Sie können mich hier nicht festhalten.»

«Du wirst gehen, wenn ich es dir sage.»

«Sie können mich hier nicht ohne Grund festhalten.»

«Eine Fabrik ist niedergebrannt, erinnerst du dich noch?»

«Na und?»

«Und ein Polizist kam in den Flammen um.»

«Und wenn schon — kein Mensch regt sich darüber auf, wenn ein Polizist krepiert. Darüber lache ich bloß.»

Kerry hob seine rechte Hand. Sie war zur Faust geballt. Als er jetzt sprach, war er weiß vor Zorn — ein Zorn, der in Palletts Zimmer in ihm wachgerufen worden war und jetzt hell aufloderte: «Er hatte eine Frau und Kinder. Jetzt ist keiner mehr da, der sie ernährt. Du hast ihn ermordet, ihn bei lebendigem Leibe verbrannt, und darüber lachst du! Ich möchte dich so verprügeln, daß du einmal einen Geschmack davon bekommst, was es heißt, anderen Menschen Schmerzen zuzufügen!»

Pitts war plötzlich von so panischer Angst ergriffen, daß er sich nicht mehr beherrschen konnte. Er versuchte, vor Kerry zurückzuweichen, und kippte dabei von seinem Stuhl. Er fiel mit dem Kopf gegen die Tischkante und krümmte sich dann auf dem Boden. «Schlagen Sie mich nicht!» schrie er. «Bert war es! Ich wollte es nicht. Er kaufte die Kerzen und das Petroleum. Er hat befohlen. Ich half ihm nur, weil ich mußte. Ich wußte nichts von einem Polizisten in der Fabrik!»

Kerry ließ langsam die Faust sinken und blickte zum Polizisten hinüber. «Haben Sie alles mitgeschrieben?»

Der Konstabler antwortete nicht, bis er alles zu Papier gebracht hatte. «Jawohl, Sir.»

Die Türe zum Verhörraum wurde aufgestoßen, und Superintendent Pallett trat ein. Er starrte auf Pitts, der immer noch am Boden lag.

«Was soll das Geschrei bedeuten?»

«Der Bursche hat soeben gestanden, Sir.»

Pallett schloß die Türe. «Er hat gestanden? Was?»

«Daß er und Albert Craster den Brand in der Fabrik gelegt haben.»

Einen Moment herrschte Schweigen. «Also gut, Mr. Kerry.»

«Vielleicht würden Sie Mr. Samson davon gern Mitteilung machen, Sir?»

«Ich werde ihn davon unterrichten.»

An Palletts Tonfall erkannte Kerry, daß er einen bösen Fehler gemacht hatte.

Die Verhandlung vor dem Friedensrichter war am folgenden Dienstag. Die beiden Untersuchungsgefangenen wurden durch ihre Anwälte vertreten.

Kerry stand im Zeugenstand. Vor ihm befand sich der quadratische Tisch, an dem die Rechtsbeistände und der Verteidiger saßen. Der Verteidiger war ein Mann Mitte dreißig und trat mit überlegenem Selbstbewußtsein auf, das das Ergebnis einer Ausbildung in Winchester, Trinity College und Middle Temple und gesicherter privater Verhältnisse war. Seine Stimme war sehr wohltönend.

«Inspektor Kerry», sagte er, machte eine Kunstpause und schielte zur Richterbank hinüber, «Inspektor Kerry, was passierte, als Sie wieder in das Verhörzimmer zurückkamen?»

«Pitts gab die erwähnte Erklärung ab. Ich hatte in diesem Moment keine Gelegenheit dazu, den Geständigen auf die Bedeutung seiner Aussage hinzuweisen, aber sobald . . .»

«Einen Moment!» bellte der Protokollführer, «Sie müssen schon darauf Rücksicht nehmen, daß ich alles in Schreibschrift niederlegen muß!» Eine kurze Pause wurde eingeschoben, damit der Protokollführer nachkommen konnte.

«Nun, Inspektor?» fragte der Verteidiger.

«Sobald es möglich war, warnte ich den Geständigen, daß alles, was er aussagte, gegen ihn verwendet werden könnte, und fragte ihn, ob er etwas hinzuzufügen oder zu ändern wünsche.»

«Hat er das getan?»

«Nein, Sir.»

«Wollen wir doch den Zeitverlauf etwas zurückdrehen. Abgesehen von dieser Aussage, hat der Beschuldigte noch etwas gesagt?»

«Jawohl, Sir.»

«Was?»

«Er gab an, daß es ihm gleichgültig sei, daß ein Polizist in den Flammen umgekommen ist.»

«Das muß Sie natürlich sehr aufgebracht haben?»

«Nein, Sir.»

«Gab er diese Erklärung ab, ehe er vom Stuhl fiel, oder danach?»

«Danach.»

«Und nach dieser Erklärung hat Superintendent Pallett den Verhörraum betreten?»

«Jawohl, Sir.»

«Ich danke Ihnen, Inspektor.» Der Verteidiger setzte sich wieder.

Mit ausdruckslosem Gesicht verließ Kerry den Zeugenstand und stellte sich an der Wand neben den anderen Polizeibeamten auf.

Liz war an diesem Abend bei Freundinnen eingeladen. Heather und Kerry nahmen das Essen im Wohnzimmer ein. Kerry blickte nicht von seinem Teller auf.

«Don, was bedrückt dich so?»

Er trank sein Glas aus. «Ich hatte vor, es dir zu beichten, habe mir aber einige Gründe überlegt, warum ich es doch nicht tun sollte.»

«Don, was ist es denn?» Sie wußte jetzt, daß er einen schweren Kummer hatte.

«Wir hatten heute die Vorverhandlung im Mordfall Ewebank.»

«Nun?»

«Ich weiß jetzt, wie die Verteidigung uns in der Hauptverhandlung das Heft aus der Hand nehmen will.»

«Ich weiß nicht, wovon du redest.»

«Das glaube ich dir gern.» Er hob den Kopf und blickte sie an. «Sie werden behaupten, ich hätte das Geständnis aus dem Jungen herausgeprügelt.»

«Aber ... aber das ist doch lächerlich! Du würdest so etwas nie tun.»

«Ich verhörte gerade Pitts, als ich zu Gessing gerufen wurde. Pallett hatte mich angeschwärzt, ich hätte die Ermittlungen hinausgezögert, weil ich ein persönlicher Freund von Orton sei. Gessing blieb deshalb keine andere Wahl, als mir den Fall aus der Hand zu nehmen. Ich verließ Palletts Zimmer in einer furchtbaren Laune. Als mir Pitts dann kurz darauf ins Gesicht sagte, kein Mensch rege sich darüber auf, wenn ein Polizist umgebracht wird, war ich außerordentlich ... Ich sah rot, hob die Hand und sagte, was ich jetzt gern mit ihm tun würde, wenn ich dürfte. Er war außer sich vor Schreck. Er muß geglaubt haben, wir würden ihn windelweich prügeln; denn er gestand.»

«Du hast ihn doch nicht etwa geschlagen?»

«Ein solcher Idiot bin ich auch wieder nicht, daß ich mich so weit vergessen könnte.»

«Na, also was . . .?»

«Er glaubte, ich würde ihn schlagen. Die Verteidigung lacht sich natürlich jetzt ins Fäustchen.»

«Wer war Zeuge dieser Geschichte?»

«Stevens und ein Polizist.»

«Werden sie dich nicht unterstützen? Sie werden doch aussagen, daß du ihn nicht berührt hast, sondern nur gesagt hast, daß du es gern tun würdest.»

«Natürlich werden sie das. Aber Pallett betrat das Zimmer, als der Junge gerade auf dem Boden lag, und die Verteidigung weiß das.»

«Was für einen Unterschied macht das schon? Er wird zu dir halten.»

«Glaubst du das wirklich?»

«Don, du zweifelst daran? Natürlich wird er das tun. Ihr seid zwar nicht gerade Busenfreunde, aber ihr gehört doch beide der Polizeitruppe an.»

«Ich hoffe zu Gott, daß du recht behältst, Heather.» Er schenkte sich ein neues Glas Whisky ein. «Selbst in der größten Erregung würde ich den Jungen doch niemals geschlagen haben. Aber es war sehr töricht von mir, so weit zu gehen, wie ich gegangen bin.» Kerry stand vom Tisch auf und steckte die Hände in die Hosentaschen. «Eigenartig, wie der Bursche so plötzlich unter der Drohung physischer Gewalt zusammenbrach — oder was er für eine Drohung hielt. Erst war er noch so überheblich, zynisch und herausfordernd — im nächsten Moment zitterte er vor Furcht. Ich hätte von Anfang an wissen müssen, daß er die Gewalt fürchtete, wenn Craster nicht in der Nähe war. Craster stand als Schutz zwischen ihm und den Gefahren der Außenwelt. Ich hätte diese Schwäche früh genug erkennen müssen.»

«Weißt du, was jetzt geschehen wird?» fragte sie ruhig.

«Das Ganze ist grotesk. Wenn das Geständnis anerkannt wird, werden beide schuldig gesprochen. Wenn nicht, werden sie wahrscheinlich freigesprochen. Wenn man behauptet, ich hätte das Geständnis mit Drohungen erpreßt, wird das Geständnis als Beweismittel nicht zugelassen. So wird der Akt, der den Beweis für ihre Schuld erbrachte, wahrscheinlich dafür verantwortlich sein, daß sie als Mörder frei herumlaufen dürfen. Was für eine verkehrte Welt!»

«Nehmen wir an ... nehmen wir an, man behauptet, du hättest den Jungen bedroht. Was wird dir dann passieren?»

«Mir?» Er zuckte die Achseln. Als er aber ihren Gesichtsausdruck sah, versuchte er die Frage zu beantworten. «Ich glaube, es wird ganz davon abhängen, ob man die beiden für schuldig hält oder nicht. Was ich tat, bewegt sich gerade noch auf der Grenze, und es wird einfach sein, mildernde Umstände für mein Verhalten zu finden, wenn das Resultat die Mittel rechtfertigt. Wenn man sie jedoch freispricht, wird man meinen Kopf fordern.»

«Aber du sagtest doch, sie können ohne Geständnis gar nicht verurteilt werden?»

«Das ist richtig.»

«Und das Geständnis wird wahrscheinlich nicht als Beweismittel zugelassen werden?»

Er zögerte. «Wahrscheinlich nicht», sagte er schließlich.

«Dann bleibt also nicht viel Hoffnung?»

«Ich ... nein.»

Sie legte ihre Hände auf seine Schulter: «Wenn du dir nicht so viele Sorgen um Ewebanks Familie gemacht hättest, wenn du nicht so verzweifelt gehofft hättest, daß Gerechtigkeit geschehen solle, würde das alles sicher nicht passiert sein. Früher, als du gerade zum Inspektor ernannt worden warst, hast du dich viel leichter über diese Dinge hinweggesetzt. Aber was du jetzt tust — es wiegt schwerer, verstehst du? Es bedeutet viel.»

Er küßte sie.

Pointer stand in der Mitte von Kerrys Büro und versuchte, seine Pfeife in Gang zu setzen.

«Sie waren einfach ein Idiot, Mann», sagte er.

«Vielleicht.»

«Da kann man nicht mehr von ‹vielleicht› sprechen. Jeder Polizeioffizier, der seine Hand vor einem Untersuchungsgefangenen höher als bis zur Schulter hebt, muß auf seinen Geisteszustand untersucht werden.» Er zog an seiner Pfeife. «Sie sind auch noch ein Pechvogel. Pallett hätte sich ja auch noch fünf Minuten länger mit Gessing unterhalten können, aber nein . . .»

Kerry wagte endlich die Frage zu stellen, die ihm schon so lange auf der Seele lag: «Irgendwelche Vorstellung, Sir, was er aussagen wird?»

«Die Wahrheit. Sie werden doch nichts anderes von ihm erwarten, oder?»

«Was ist die Wahrheit?»

«Sie wissen das selbst, genau so gut wie die beiden anderen, die mit Ihnen im Verhörraum waren.»

«Ich habe ihn nicht geschlagen, noch habe ich ihm gedroht.»

«Wenn das Gericht aber anderer Ansicht ist als Sie, sind Sie reif für ein Disziplinarverfahren. Aber das wissen Sie ja sowieso.»

«Jawohl, Sir.»

«Ich versichere Ihnen, das kann eine böse Sache werden. Wenn diese Halunken auf freien Fuß gesetzt werden, stimmt die Presse ein Kriegsgeschrei gegen uns an. Man wird Sie als Versöhnungsopfer darbringen.»

«Und wenn die beiden schuldig gesprochen werden?»

«Vielleicht kommen Sie dann davon, ohne viel Federn lassen zu müssen.»

«Es ist lediglich eine Frage der Taktik und der praktischen Vernunft?»

«So ist das Leben eben.»

Kerry dachte an seine Unterhaltung mit Heather, die er vor einigen Tagen mit ihr über diesen Punkt geführt hatte.

«Hat Ihnen Pitts' Geständnis neues Material entdecken helfen?»

«Nein, Sir.»

«Schade. Sie hätten das als Beweis anbieten können, gleichgültig, ob man das Geständnis verwirft oder nicht.» Pointer setzte sich auf den Rand des Schreibtisches. «Es ist eine Affenschande, Kerry, daß in dieser Inspektion so viel Zwietracht herrscht. Nicht nur Ihretwegen . . .»

«Sie können das ruhig noch zweimal wiederholen.»

«Früher hätte so etwas nie vorkommen können. Ich meine . . .» Pointer wechselte abrupt das Thema. «Wie steht es mit den Ermittlungen in der Sache Starkley?»

«Keine Fortschritte bisher, Sir, außer daß sich Hamble heute morgen telefonisch beschwert hat, die Nachbarn würden ihn boykottieren, wenn sie ihm nicht schreckliche Namen über den Zaun hinweg zurufen.»

«Was haben Sie darauf geantwortet?»

«Allgemeine Phrasen, Sir. Wir wären dabei, anderen Hinweisen nachzugehen.»

«Wann werden wir mit dem Fall endlich vorankommen?»

Es mußte aufgefallen sein, überlegte Kerry, daß er sich nicht mehr ernsthaft mit dem Fall beschäftigte, seitdem er eine bemerkenswert saubere und solide Karriere aufs Spiel gesetzt hatte, weil er sich von den verletzenden Worten eines Jugendlichen zu sehr beeindrucken ließ.

«Nun, wann?»

«Wenn ich weiß, wie ich das Mädchen dazu bringen kann, zuzugeben, daß sie lügt, Sir.»

«Sie sollten diesmal das Problem aber vorsichtiger anpacken, Kerry.»

«Jawohl, Sir», antwortete Kerry mit stoischer Förmlichkeit. «Ich werde nach Starkley fahren und es noch einmal versuchen.»

Pointer begann seine Pfeife wieder zu stopfen. «Vergessen Sie eines nicht, Kerry. Eine Menge Leute wird Ihnen beim Prozeß die Daumen halten. Vergessen Sie das nicht, aber vergessen Sie inzwischen alles andere, was uns nicht weiterbringt.»

Kerry parkte seinen Wagen am Anfang der Straße, die zu der Gemeindesiedlung von Starkley führte, und ging den Weg zu Yarnbys Haus zu Fuß.

Mrs. Yarnby öffnete ihm die Tür, und obwohl es schon fast Mittag war, hatte sie ihr Haar immer noch auf Lockenwicklern aufgerollt.

«Ist Cynthia zu Hause?» fragte Kerry.

«Nein, sie ist nicht da. Sie ist ins Dorf gegangen, um Margarine einzuholen.»

«Darf ich eintreten und auf sie warten?»

«Ich denke schon.» Ihre Stimme hob sich. «Seitdem das passiert ist, hat es nichts als Scherereien gegeben. Und dabei wissen wir doch genau, welcher Mann es getan hat! Lebt in Errington, tut, als wenn nichts gewesen wäre! Wollen Sie ihm vielleicht noch einen Orden verleihen, weil er junge Mädchen schändet?»

Kerry ging an ihr vorbei ins Haus. Es war so schmutzig wie immer. Als sie in das Wohnzimmer traten, deutete sie mit einer vagen Geste auf den Kamin, dessen Rost mit Zigarettenkippen übersät war: «Wollte das noch wegschaffen, aber hatte einfach keine Zeit dazu.»

Kerry bedrückte diese Schlamperei, und er war ungehalten über sich selbst, weil er sich nicht mehr daran erinnern konnte, was man ihm über diese Frau berichtet hatte. Als er schon resignieren wollte, stand es wieder deutlich vor seinem Gedächtnis: Figg war es, der ihm berichtet hatte, sie habe einen Freund, der halb so alt sei wie sie. Kerry überlegte, was dieser Freund nur an ihr finden mochte. Er wunderte sich außerdem, was ihr primitiver gewalttätiger Mann wohl zu dieser Freundschaft zu sagen hatte. Ganz plötzlich, in einer blitzschnellen Erhellung des Zusammenhanges, begriff er die Bedeutung, die diese Fragen und ihre Antworten haben mußten.

«Ich sagte, was Sie denn diesmal mit Cynthia vorhaben?» fragte Mrs. Yarnby grob.

«Nur ein paar Fragen.»

«Haben Sie denn nicht schon genug gefragt? Wollen Sie ihr Löcher in den Bauch fragen?»

«Sie bringen mich auf einen Gedanken, Mrs. Yarnby. Ich werde doch zuerst noch woanders vorsprechen und mich mit jemandem ein bißchen unterhalten. Sie wird sicher wieder zu Hause sein, wenn ich hierher zurückkomme.»

«Das ist Ihre Sache. Mir kann das gleich sein.»

Er ging an ihr vorbei und legte die Hand auf die Türklinke. Er drehte sich halb zu ihr um. «Haben Sie eine Ahnung, wo Reginald Finch wohnt?»

Mrs. Yarnby sah plötzlich ganz alt und verfallen aus. «Warum . . . warum fragen Sie, wo er wohnt?»

«Ich will ihm nur ein paar Fragen stellen.» Kerry ging hinaus und zog die Türe hinter sich zu.

13

Kerry hielt vor dem Dorfladen, wo die Fliegen über die Speckscheiben krochen und ein kastrierter Kater im Schaufenster zwischen Stulpenstiefeln und Angelruten schlief, und fragte, ob man wüßte, wo Finch arbeite. Er wurde an eine Hühnerfarm verwiesen, die eine halbe Meile vom Dorf entfernt lag. Dort begegnete er Finch auf einem gepflasterten Hof, der begrenzt wurde von drei riesigen Wellblechschuppen und einer alten Scheune, vollgepfercht mit Hühnern, die sich nach einem ausgeklügelten Diätplan einem frühen Tod entgegenfraßen.

«Reginald Finch?»

«Dreimal dürfen Sie raten.»

«Ich bin Detektivinspektor Kerry von der Kriminalabteilung Bilhurst.»

«Ich habe mir schon denken können, daß Sie nicht der Gasableser sind.»

Kerry, nicht ganz frei von Vorurteilen, was er gerechterweise zugab, sah in Finch das typische Exemplar jener hoffnungsvollen Generation, die sehr unbekümmert darüber war, woher sie kam und wohin sie ging, verächtlich über Gesetz und Ordnung die Nase rümpfte und den Götzen Gewalt anbetete, weil er so oft auf der Seite des Erfolges zu finden ist. Finch trug eine Nietenhose und ein gestreiftes Unterhemd.

«Ich möchte Sie gern etwas fragen.»

«Ah — die höfliche Tour. Hat sich der alte Green wegen seiner Hühner beschwert?»

«Haben wohl ein paar für sich abgezweigt?»

«Na, na, so können Sie aber nicht mit mir verhandeln!»

«Sie haben mir die Frage erst in den Mund gelegt.»

Finch holte eine halb gerauchte Zigarette, die er hinter das rechte Ohr geklemmt hatte, hervor und zündete sie an. Dann steckte er die Hände in die vorderen Taschen seiner Nietenhose. «Also?» sagte er. «Wenn Sie mir nicht mehr zu sagen haben, werde ich mich wieder an die Arbeit machen. Der alte Geizkragen Green sieht es nicht gern, wenn ich während der Arbeitszeit mit fremden Leuten quatsche.»

Kerry zündete sich ebenfalls eine Zigarette an. Er warf das abgebrannte Streichholz auf den Boden.

«Streuen Sie hier nur nicht Ihren Abfall herum», sagte Finch großspurig. «Der alte Green ist geradezu versessen auf Sauberkeit.»

«Man erzählt mir, Sie wären sehr darauf versessen, ein bißchen Geld nebenbei zu verdienen.»

«Wer ist man?»

«Leute, die eben darüber reden. Das ist auch der Grund, warum Sie sich mit Moira Yarnby abgeben.»

«Und wenn ich sie besuche? Das geht Sie überhaupt nichts an. Sie können gar nichts dagegen machen.»

Kerry wählte seine Worte sehr vorsichtig. Nichts durfte

er sagen, was Finch verraten konnte, wie wenig er, Kerry, über ihre Beziehungen eigentlich wußte. «Warum sollte ich wohl was dagegen machen?»

«Nun sagen Sie schon, was los ist, und zwar hurtig.»

«Ist sie nicht ein wenig zu erwachsen für Sie?»

«Sie haben hier kein Recht, mich zu beleidigen.»

«Ist das eine Beleidigung, festzustellen, daß die Frau alt genug ist, um Ihre Mutter zu sein?»

«Nein, das ist sie nicht. Ich bin vierundzwanzig.»

«Tatsächlich? Sie sehen nicht so alt aus.»

Finch fluchte.

«Wie wäre es mit Frauen, die Ihrem Alter besser entsprechen? Kommen Sie mit denen nicht zurecht?»

«Von der Sorte habe ich ein Dutzend an jedem Finger.»

«Aber Sie entwickeln natürlich eine besondere Vorliebe für das reifere Alter.»

«Hören Sie zu. Ich kenne sie, aber das hat nichts zu bedeuten, und wenn es etwas zu bedeuten hat, geht Sie das einen feuchten Staub an.»

«Wieviel bietet sie Ihnen dafür?»

«Sie suchen wohl Streit mit mir?»

«Wie heißt doch das Gasthaus in Caithone gleich wieder? Man sagte mir, ihr habt dort in der Gaststube geschnäbelt wie ein Paar Turteltauben. Ein herzbewegender Anblick, sagte man mir.»

«Bin niemals dort gewesen», murmelte er.

«Ich habe Zeugen dafür.»

«Also gut, also gut — vielleicht war ich mit ihr dort. Und was geht Sie das an?»

«Wieviel bietet sie Ihnen dafür?»

«Ich weiß davon nichts. Ich habe jetzt zu arbeiten, wenn Sie nichts dagegen haben.» Er legte die Hand auf die Türe des nächstgelegenen Schuppens. Das Licht der Sonne spiegelte sich in dem dunkelblonden pomadisierten Haar.

«Haben Sie schon mal ihren Mann getroffen? Man sagt, er kann das Telefonbuch von London mit Leichtigkeit in zwei Stücke reißen.»

«Dann kann er ja im Fernsehen auftreten.»

«Das habe ich damit nicht andeuten wollen. Ich wollte Ihnen nur mitteilen, wie leid Sie mir tun.»

Finchs Hand glitt von der Türe herab. «Leid? Warum?»

«Yarnby ist wahnsinnig eifersüchtig.»

«Mir egal.»

«Ich dächte, daß Sie das doch etwas angehen dürfte.»

«Keiner . . . Hören Sie, er weiß nichts davon.»

«Vielleicht noch nicht im Augenblick. Aber er wird sehr bald etwas davon erfahren.»

«Wer sagt das?»

«Ich werde es ihm sagen.»

Finch leckte seine Lippen. «Was werden Sie?» fragte er heiser.

«Ich werde ihm ausreichende Beweise dafür liefern, daß seine Frau und Sie ihn in schamloser Weise betrügen. Ich werde ihm außerdem Ihre Adresse und Ihre Arbeitsstelle angeben, es sei denn . . .»

«Es sei denn . . . was?»

«Sie hat Ihnen natürlich Geld dafür gegeben?»

«Ich weiß gar nichts.»

Kerry wurde jetzt scharf. «Hör zu, mein Junge, wenn Yarnby dich vor seine Fäuste bekommt, gibt es im ganzen Land kein Krankenhaus, das deine Knochen dann wieder an die richtige Stelle setzen könnte. — Also lassen Sie Ihr großspuriges Gehaben. Sie und diese Frau . . . Sie wollten mit ihr durchbrennen?»

Es folgte eine lange Pause. «Ja», murmelte Finch schließlich.

«Sie war so vernarrt in Sie und Ihre Fähigkeiten als Gigolo?»

«Ich habe nicht . . .»

«Wie viele Scheine mußte sie Ihnen unter die Nase halten, daß Sie ihre Reize bewunderten?»

Finch lehnte sich gegen die Türe des Schuppens: «Fünfzehnhundert.»

«Wo hatte sie das Geld her?»

«Ihre Mutter starb und hinterließ ihr ein Haus, das sie verkauft hat. Sie hat ihrem Mann nichts davon gepfiffen. Der alte Halunke würde es sowieso nur versoffen haben.»

«Und sie hat Ihnen das Geld angeboten, wenn Sie mit ihr durchbrennen würden?»

«Es sollte für uns beide sein.»

«Bilden Sie sich wirklich ein, Sie hätten auch nur einen Teil davon in die Finger gekriegt? Man hätte Sie übertölpelt. Hat die Tochter Sie und ihre Mutter zusammen gesehen?»

«Manchmal.»

«Hat sie beobachtet, wie Sie den großen Liebhaber gespielt haben?»

«Woher soll ich das wissen, was sie gesehen hat?»

«Wann wolltet ihr beide eure große Reise ins Glück antreten?»

«Wir wollten am letzten Samstag davon, und dann hat sich so ein alter Schweinigel an dem Kind vergriffen, und sie sagte, sie könne jetzt nicht weg.»

«Und diese Gefühlsanwandlung haben Sie ohne Zweifel ganz und gar nicht begreifen können.»

«Sind ... was werden Sie ihm erzählen?»

«Das hängt davon ab, ob Sie noch darauf spekulieren, sich mit ihr zu treffen.»

Finch schüttelte bedächtig den Kopf. «Sie ist eine blöde alte Kuh.»

Kerry drehte sich um und ging den mit Schlacken bestreuten Weg hinunter zu der Straße, wo er seinen Wagen geparkt hatte. Er fuhr zurück zu Yarnbys Haus. Mrs. Yarnby ließ ihn wieder ins Haus ein.

«Haben Sie ihn gesehen?» fragte sie wütend.

«Wir hatten eine sehr interessante Unterhaltung. Gehen wir in das Wohnzimmer.»

Er ging voraus und ließ sich in einem Lehnstuhl nieder. «Finch hat mir gebeichtet, daß ihr beide zusammen durchbrennen und von dem Gelde leben wolltet, das aus dem Verkauf des Hauses Ihrer verstorbenen Mutter stammt.»

Sie fluchte.

«Unter gewöhnlichen Umständen kann mir das völlig schnuppe sein, was ihr beide zusammen getrieben habt. Aber es ist meine Pflicht, mich hier einzumischen, weil ein Mädchen eine falsche Beschuldigung vorbrachte und ein Mann deswegen jetzt die Hölle auf Erden hat. Haben Sie überhaupt schon begriffen, warum sie diese Anschuldigung erfunden hat?»

Sie versuchte, sich aufzuplustern. «Ich glaube nicht, daß meine Tochter ...»

Kerry unterbrach sie. «Cynthia wohnt in einem Haus, in dem der Vater ein Säufer ist und die Mutter versucht, sich einen Liebhaber zu kaufen. Cynthia hatte die Rechnung dafür zu zahlen: sie erhielt nichts von der Liebe und Fürsorge, auf die sie ein Anrecht hatte. Sie wußte, wen sie dafür verantwortlich zu machen hatte. Sie glaubten, Ihre Affäre mit Finch wäre unbemerkt geblieben, aber Cynthia hat Sie beide zusammen gesehen, und es gibt nichts in der Welt der Gefühle, das einem Mädchen von zwölf Jahren entgehen könnte. Sie wußte, was vor sich ging. Sie fand heraus, daß sie unerwünscht war, daß man sie nicht mochte und daß sie überhaupt nur im Wege stand. Sie ist nun einmal in einem Alter, das Veränderungen an Leib und Seele mit sich bringt, und Mädchen in der Pubertät mischen eben oft Tatsachen und Einbildungen so zusammen, bis sie selbst nicht mehr wissen, wo das eine endet und das andere anfängt. Sie brachte beides durcheinander, und dann erkannte sie plötzlich, wenn sie eine große Aufregung in der Familie schaffen würde, dann würde sie plötzlich zu einer wichtigen Person werden und endlich die Beachtung finden, die man ihr so lange vorenthalten hatte. Sie würde endlich etwas von Ihnen bekommen, was Sie ihr vorher nie gegeben haben.

Sie hatte aus der Zeitung, dem Fernsehen und von anderen Mädchen erfahren, was im Leben alles vorkommen kann, und wo sie nicht genügend Kenntnisse besaß, da hatte sie immer noch ihre Phantasie, die ihr weiterhelfen konnte. Sie dachte sich diese furchtbare Geschichte aus, und dann ging sie eines Abends spazieren und fand den Mann, der die Hauptrolle in ihrer Geschichte übernehmen konnte. Instinkt und Beobachtung hatten ihr gesagt, daß die Affäre ihrer Mutter einem Höhepunkt zutrieb. Aber selbst dann würde sich wahrscheinlich nichts ereignet haben, wenn Hamble nur einen Funken Verständnis für sie gezeigt hätte. Aber das war nicht der Fall, weil er Kinder nicht mag und gar nicht imstande ist, sich in sie hineinzudenken. Er zeigte ihr nur allzu deutlich, daß auch er sie nicht mochte. Das war der Augenblick, als die Phantasie zur Wirklichkeit wurde. Den Erfolg kennen wir. Sie erregte Aufsehen, wurde der Mittelpunkt einer ungeheuren Anteilnahme, und ein beträchtlicher Teil dieser allgemeinen Anteilnahme kam von Ihnen ... was ihr bewies, wie recht sie gehabt hatte.»

Mrs. Yarnby legte die Hand über die Augen, als ob sie ein paar Tränen wegwischen mußte. «Ich ... ich weiß einfach ... ich verstehe ...» Sie beendete den Satz nicht.

«Sie gehen jetzt hinauf und sprechen mit Cynthia. Sie sagen ihr, daß Sie Finch nicht mehr sehen werden und daß Sie in diesem Hause bleiben, um mit ihr zu leben. Sie zeigen ihr so viel Liebe, wie Sie überhaupt nur aufbringen können. Nach einer Weile bringen Sie ihr bei, daß sie keine erfundene Geschichte mehr von einem Mann zu erzählen braucht, der sich an ihr vergangen habe. Dann werden Sie sie dazu bringen, die Wahrheit zu sagen, und zwar vor Ihnen, mir und einer Polizistin.»

Noch ein letztes Aufbegehren: «Wenn ich das aber nicht tue? Ich liebe Reggie. Ich und er waren ...»

«Seine letzte Bemerkung lautete, daß er Sie für eine alte dumme Kuh hält. Er ist wenigstens offen, wenn sonst auch nichts. Und, ganz nebenbei, haben Sie sich überhaupt keine Gedanken darüber gemacht, was Ihr Mann tun wird, wenn er die Wahrheit erfahren sollte?»

Sie begann zu weinen, diesmal echte Tränen. Kerry war so unliebenswürdig anzunehmen, daß es Tränen ohnmächtigen Zornes waren und nicht Tränen der Reue. Er blickte auf seine Armbanduhr. «Ich werde in zwanzig Minuten wieder hier sein.» Er stand auf.

«Angenommen ... angenommen, sie will mich nicht anhören. Sie werden es ihm doch nicht sagen?»

«Es ist offensichtlich nur in Ihrem Interesse, Mrs. Yarnby, wenn Sie Ihre Tochter überreden können.» Kerry ging an ihr vorbei und verließ das Haus.

Es dauerte allerdings eine halbe Stunde, bis Kerry wiederkam. Die Polizeibeamtin Andrews war von der Hauptstraße in die verkehrte Richtung abgebogen und war so zuerst nach Greenhurst geraten anstatt nach Starkley.

Mrs. Yarnby, die jetzt ihre Lockenwickler entfernt und dafür eine dicke Puderschicht aufgetragen hatte, führte sie in das Wohnzimmer. Sie ging hinaus und kam dann mit Cynthia wieder, die furchtbar verlegen war. Nicht zum erstenmal fiel es Kerry auf, wie apart die Kleine ausschauen konnte, wenn man ihr ein sauberes Kleid anzog.

«Hallo, Cynthia!» sagte Andrews, und sie begannen zu plaudern, als ob sie beide schon seit langem enge Freunde wären. Allmählich taute Cynthia auf, und schließlich stellte sie sich sogar neben die Beamtin.

«Du fühlst dich doch viel besser, wenn du die Wahrheit erzählst, nicht wahr?» sagte Andrews. «Siehst du, Cynthia, wir können alles wieder in Ordnung bringen, und du brauchst dir keine so schrecklichen Sorgen mehr zu machen.»

«Muß ich denn dem Richter alles erzählen?»

«Aber nein, Cynthia, du bist doch noch gar nicht alt genug dazu.»

Es herrschte Stille.

«Nun sag es schon, Liebling», drängte Mrs. Yarnby.

«Ich wollte wirklich keinem etwas Böses antun», sagte Cynthia errötend. «Ehrlich, ich habe nicht geglaubt, daß Sie ihn finden würden. Er wollte nicht mit mir reden, und weil er so garstig war, habe ich ihn Ihnen verpetzt. Er war so ein komischer kleiner Mann mit einem so komischen Bart.»

Das, dachte Kerry, war ein wirklich gelungener Grabspruch für den Fall.

Als Kerry in die Inspektion zurückkam, begab er sich sofort zum Büro des Superintendenten. Pallett war nicht in seinem Zimmer, nur Clarke, der am Schreibtisch seines Vorgesetzten stand und einige Papiere durchlas.

«Tag, Sir», sagte Kerry.

«Ah — Sie!» Clarke blickte Kerry mißgelaunt an.

«Ist der Superintendent zu sprechen?»

«Nur mal für einen Moment aus dem Zimmer.» Clarke hustete zweimal. «Hätte heute wirklich nicht zum Dienst kommen sollen.»

«Um die Wahrheit zu sagen, Sie sehen heute gar nicht recht gesund aus.»

Als Clarke sich noch mißgestimmter über Kerrys letzte Bemerkung auslassen wollte, eilte Pallett schon ins Zimmer. Als er Kerry erblickte, verzog er ärgerlich das Gesicht: «Nun?»

«Ich dachte, es würde Sie interessieren, Sir, zu erfahren, daß der Fall Hamble abgeschlossen ist.»

«Tatsächlich?»

«Jawohl, Sir.»

Es gab einen kurzen stillen Kampf zwischen den beiden. Schließlich fragte Pallett: «Er hat also gestanden?»

«Cynthia Yarnby hat zugegeben, daß sie uns angelogen hat.»

Pallett schob ganz überflüssigerweise sein Briefkörbchen hin und her. «Ich verstehe.»

«Soll ich die Presse informieren?»

«Chefinspektor Clarke wird das erledigen.»

«Sehr wohl, Sir.» Kerry drehte sich um und ging zur Türe.

«Der Prozeß gegen Craster und Pitts wird in den nächsten Tagen beginnen», sagte Pallett.

Kerry blieb stehen. «Jawohl, Sir.»

«Es ist zu bedauern, daß die Polizeitruppe in diesem Prozeß keine gute Figur machen wird.»

Kerry trat ab. Er dachte verbittert an das alte Sprichwort: Pallett würde zuletzt lachen.

14

Der Vertreter der Anklage, Cleator, hatte ein so plattes, bärbeißiges Gesicht, als wäre er früher mal Berufsboxer gewesen. Er gebrauchte oft seine Hände, um Pointen zu unterstreichen. Sein Eröffnungsplädoyer war kurz; trotzdem ließ er keinen Punkt aus.

«... zu diesem Zeitpunkt, meine Herrn Geschworenen, wußte die Polizei, daß beide Angeklagten das Feuer beobachtet hatten und daß einer der beiden, Craster, eine ungewöhnliche Erregung an den Tag legte. Sie wußte, daß die Brandstifter durch das Tor an der Südseite der Fabrik in das Gebäude eingebrochen waren. Es war zu diesem Zeitpunkt, meine Herrn Geschworenen, daß eine weitere Befragung des Angeklagten Pitts für nötig erachtet wurde, und deshalb wurde er aufgefordert, sich zur Polizeistation zu begeben. Während des Verhörs gab der Angeklagte eine Erklärung ab.»

Der Verteidiger erhob sich sofort. Paynter, Anwalt der Krone, war ein Mann Mitte fünfzig. Sein Gesicht war dünn und spitz, seine Stirn breit und zerklüftet: «Euer Gnaden, die Erklärung, auf die sich mein gelehrter Freund gerade bezieht, ist Gegenstand eines Protestes von seiten der Verteidigung, und zwar dahingehend, daß diese Erklärung nicht als Beweismittel zugelassen werden soll.»

«Gut, Mr. Paynter.»

«Euer Gnaden», sagte Cleator, «ich bin von dem Protest schon vorher unterrichtet worden, und habe deshalb nicht die Absicht, den Inhalt dieser Erklärung in meinem Eröffnungsplädoyer zu erwähnen.»

Paynter setzte sich wieder. Cleator setzte sein Plädoyer fort. Die Geschworenen fragten sich, was wohl in dieser Erklärung gestanden haben mochte.

Kerry, der sich bis zu seiner Aussage im Gerichtssaal aufhalten mußte, starrte Paynter mit unverhohlener Antipathie an.

Kerry stand im Zeugenstand und wartete auf den Beginn des Kreuzverhöres über seine Aussage, die sich auf das Geständnis bezog. Die Geschworenen hatte man aus dem Saal geschickt.

Paynter erhob sich. «Sie haben Ihre Zeugenaussage hier in einem sehr nüchternen, sachlichen Ton vorgetragen», begann er. Paynter hatte seine Perücke fast bis in das Genick geschoben, so daß man den Eindruck hatte, er habe eine enorm hohe Stirn, obwohl das gar nicht stimmte. «Ich wünschte, alle Zeugen wären so sachlich wie Sie, Inspektor.»

Alter Heuchler, dachte Kerry.

«Aber ich frage mich, ob Sie uns die ganze Wahrheit erzählt haben.»

«Ich denke doch, Sir.»

«Sie denken? Sie wissen nicht?»

«Ich habe die ganze Wahrheit gesagt, Sir.»

«Ich glaube das nicht. In der Tat, Inspektor, möchte ich Ihnen vorwerfen, daß Sie sich in einer unwürdigen Weise und sehr ausfallend benommen haben, daß Sie gedroht haben, Pitts zu schlagen, wenn er nicht sprechen würde, und daß Pitts — in seiner Angst — nicht wußte, was er sagte.»

«Das stimmt nicht, Sir.»

«Also gut: wollen wir doch ein paar Tatsachen näher betrachten. Wurden Sie nicht in das Zimmer des Superintendenten gerufen, als Sie sich mitten im Verhör befanden, um sich mit dem Polizeidirektor auszusprechen?»

«Ja, Sir.»

«Verlief diese Aussprache in einer freundlichen Atmosphäre?»

«Den Umständen entsprechend, durchaus.»

«Sie glauben also nicht, daß es richtig sei, zu behaupten, man habe Sie während dieser Aussprache schwer gerügt?»

Kerry starrte geradeaus.

«Sie würden mir nicht zugestehen, daß Sie in einem Zustand der Wut und Empörung gewesen sind?»

«Nein, Sir.»

«Sie kehrten vom Zimmer des Superintendenten umgehend in das Verhörzimmer zurück?»

«Jawohl, Sir.»

«Was sagte Pitts, als Sie zurückkamen?»

«Einige haarsträubende Ansichten über die Polizei.»

«Sagte er, daß man sich viel zu sehr über den Tod eines Polizisten aufrege? Daß, weil es nur ein Polizist gewesen sei, der in den Flammen umgekommen war, ihn die Angelegenheit nur ein Lächeln koste?»

«So ungefähr, Sir.»

«Das muß Sie natürlich in Wut gebracht haben, oder?»

«Nein, Sir.»

«Nein? Waren Sie nicht entsetzt über den Tod des Konstablers Ewebank?»

«Ich war aufgebracht, Sir.»

«Wenigstens werden Sie doch zugeben, daß Sie sich nicht gerade mit Vergnügen angehört haben, was Pitts sagte, besonders, da Sie bereits im Zustand der Erregung waren?»

«Ich habe bereits abgestritten, daß ich mich in einer Erregung befand.»

«Ah, ja, das haben Sie. Inspektor, waren Sie verärgert über das, was Pitts sagte?»

«Nein, Sir. Verdächtige reden oft Unsinn.»

«Haben Sie Ihre Faust gehoben oder nicht?»

«Ich mag vielleicht meine Hand gehoben haben, Sir.»

«Natürlich müssen Sie auch Ihre Hand heben, wenn Sie die Faust heben, das ist doch nur logisch.»

«Ich habe Pitts nicht bedroht.»

«Haben Sie nicht, Inspektor? Was hat denn dann Ihre gehobene Hand bezwecken sollen?»

«Sie war eben zufällig dort.»

«Sie war eben zufällig dort», wiederholte der Verteidiger sarkastisch. Er beugte sich vor. «Haben Sie nicht gesagt, daß Sie ihn verprügeln wollen, wenn er nicht redete?»

«Nein, Sir.»

«Nichts dergleichen?»

«Ich sagte lediglich, es sei ein Jammer, daß er nicht ein bißchen von dem Schmerz fühlen könne, den er anderen bereitet hat.»

«Was geschah, nachdem Sie diese salbungsvolle Moralpredigt gehalten hatten?»

«Pitts fiel vom Stuhl, Sir.»

«War Ihre Hand immer noch in der Luft?»

«Daran kann ich mich nicht mehr erinnern.»

«Geschah es, als Pitts am Boden lag, daß er diese wilden Behauptungen ausstieß, die Sie als ein Geständnis ausgegeben haben?»

«Ich habe nichts anderes getan, als berichtet, was er gesagt hat.»

«Lag er auf dem Boden, Inspektor? Machen Sie doch keine Ausflüchte.»

«Ich glaube, ja.»

Paynter verschränkte unter seinem Talar die Hände auf dem Rücken. Er ging ganz nahe an den Zeugenstand heran. Seine Stimme wurde ganz sanft: «Sie haben ihn nicht bedroht?»

«Nein, Sir.»

«Er hatte Angst vor Ihnen?»

«Dazu hatte er keinen Grund.»

«Wollen Sie dann bitte die Güte haben, Ihrer Gnaden zu erklären, wie in der einen Minute Pitts die Polizei beleidigen und in der nächsten auf dem Boden liegen konnte, sich hemmungslos zu allem bekennend, wozu Sie ihn schon lange gedrängt hatten? Wollen Sie uns bitte erklären, was einen trotzigen Jungen innerhalb von Sekunden in einen geschlagenen Jungen verwandelt?»

«Er wurde nicht geschlagen, Sir.»

«Weshalb war er plötzlich so verschreckt?»

«Das weiß ich nicht, Sir.»

«Warum ist er auf den Boden gefallen?»

«Er muß das Gleichgewicht auf seinem Stuhl verloren haben.»

«Warum sollte er denn das Gleichgewicht verlieren?»

«Ich weiß es nicht, Sir.»

«Ist es nicht eine Tatsache, Inspektor, daß er so erschreckt war über die Prügel, die Sie ihm androhten und sogleich anzuwenden im Begriffe standen, da Sie die Hand bereits erhoben hatten, daß der Angeklagte verzweifelt versuchte, dem Schlag auszuweichen, deswegen vom Stuhl fiel, dabei seinen Kopf an der Tischkante aufschlug und dann, weil er sich nicht mehr vor Ihnen in Sicherheit bringen konnte, alles sagte, was Sie von ihm verlangten, um sich vor den Schlägen zu retten?»

«Nein, Sir.»

Paynter setzte sich.

«Sergeant Stevens», sagte Paynter in seinem Kreuzverhör, «wußten Sie, daß Ihre Aussage fast wortwörtlich mit der Aussage Ihres Inspektors übereinstimmt?»

«Nein, Sir.»

«Ich versichere Ihnen, es ist so. Ich nehme an, Sie haben miteinander abgesprochen, was Sie aussagen wollten?»

«Nein, Sir.»

«Ist es also ein Zufall?»

«Jawohl, Sir.»

«Es ist also ein purer Zufall, daß sich Pitts' Verhalten von offener Auflehnung in eine vollkommene Unterwerfung verwandelte, ausgerechnet in dem Augenblick, als Inspektor Kerry seine Hand gehoben hatte?»

«Ich komme bei Ihren Ausführungen nicht ganz mit, Sir.»

«Hat Inspektor Kerry nicht seine Faust gehoben?»

«Nicht in einer drohenden Geste, Sir.»

«Nicht in einer drohenden Geste, das sagen *Sie*. Wollen Sie Ihrer Gnaden verständlich machen, wie jemand eine Faust vor einer Person heben kann, ohne daß diese sich bedroht fühlt?»

«Was ich meine, ist, Sir . . .» Stevens suchte mühsam nach Worten, um etwas auszudrücken, das Kerrys Verhalten hinwegdisputieren konnte.

«Konstabler Yates», sagte Paynter, «hat Inspektor Kerry seine Faust gehoben?»
«Ungefähr, Sir.»
«Wollen Sie uns erklären, was Sie mit ‹ungefähr› meinen?»
«Er hob sie einfach, Sir, da war nichts Unangenehmes damit verbunden, Sir.»
«Heben die Polizeioffiziere häufig die Faust gegenüber Zeugen?»
«Nun, nein, Sir.»
«Warum nicht?»
«Nun, weil der Zeuge denken könnte . . .» Yates schwieg betreten und schüttelte ärgerlich den Kopf.

«Detektivinspektor Kerry war in Ihrem Dienstzimmer, Superintendent?» fragte Paynter.
«Jawohl, Sir.»
«Warum?»
«Der Polizeidirektor hatte darum gebeten, den Inspektor dort zu sprechen.»
«Wurde dem Inspektor ein Tadel erteilt?»
«Jawohl, Sir.»
«Ein strenger Tadel?»
«Ein strenger Verweis, Sir.»
«Im Zusammenhang mit dem Fall, mit dem wir uns gerade befassen?»
«Jawohl, Sir.»
«Wie würden Sie seine Reaktion auf diesen Verweis beurteilen?»
«Ich würde sagen, er wurde unglücklicherweise zornig, Sir.»
«Sie haben sich persönlich davon überzeugt, nachdem Mr. Kerry Ihr Zimmer verlassen hatte, indem Sie sich selbst zum Verhörraum begaben?»

«Ich wollte nicht dorthin gehen, Sir, aber als ich den Korridor entlangging, hörte ich ein Geschrei. Ich entschloß mich herauszufinden, was das Geschrei zu bedeuten habe.»

«Natürlich würden Sie immer bei einem derartigen Vorfall einschreiten?»

«Sicher würde ich das, Sir, wenn es mir so vorkommt, daß jemand Ursache habe, sich zu fürchten.»

«Sie haben den Ausdruck ‹fürchten› gebraucht, Superintendent. Sie wollen diesen Ausdruck auch auf unseren Fall angewendet wissen?»

«Ich war entsetzt über den Tonfall der Stimme, Sir.»

«Sehr wohl. Deshalb gingen Sie in das Verhörzimmer?»

«Das tat ich, Sir.»

«Wo war Inspektor Kerry?»

«Er beugte sich über Pitts.»

«Und wo war Pitts?»

«Er lag auf dem Boden, Sir.»

«Können Sie mir erklären, wie er dorthin kam?»

«Ich nehme an, daß er niedergeschlagen wurde.»

Cleator stand sofort auf. «Wirklich, Euer Gnaden . . .»

«Mr. Paynter», sagte der Richter mit scharfer Stimme, «diese Unterstellung geht zu weit!»

«Natürlich, Euer Gnaden», sagte Paynter sehr selbstzufrieden. Er wandte sich wieder an den Superintendenten. «Sie können nur von Ihrer eigenen Erfahrung berichten.»

«Ich bitte um Entschuldigung», sagte Pallett.

«Superintendent, können Sie dem Gerichtshof erzählen, wie der Angeklagte Pitts auf den Fußboden geraten ist?»

«Nein, Sir.»

«War der Stuhl, auf dem er gesessen hatte, auch umgestürzt oder stand er noch aufrecht?»

«Er stand aufrecht, Sir.»

«War die Stellung, in der der Angeklagte auf dem Boden lag, ohne Zweifel als eine Folge davon zu betrachten, daß der Angeklagte vom Stuhl gestoßen wurde?»

«Jawohl, Sir», sagte der Superintendent, obwohl Cleator erneut protestierte.

«Nachdem wir alle Zeugenaussagen gehört haben», sagte der Richter, «muß ich gestehen, daß ich noch immer im ungewissen darüber bin, ob Inspektor Kerry Pitts geschlagen oder nur mit Schlägen bedroht hat, oder ob es sich nur um einen sehr bedauerlichen Zufall handelt, daß der Inspektor den Anschein erweckte, als ob er den Angeklagten bedrohe. Es ist im Rahmen dieses Verfahrens nicht notwendig, über den Inhalt dieses Punktes eine Entscheidung zu fällen. Ich halte es aber für erwiesen, daß Pitts sich einbildete, er würde geschlagen, wenn er nicht gestehen würde, und daß er aus diesem Grunde, und ausschließlich aus diesem Grunde, sein protokollkundiges Geständnis machte.

Das Gesetz läßt keinen Zweifel an der Unstatthaftigkeit so eines Geständnisses. Es ist nicht als Beweismittel zuzulassen.

Die Geschworenen können wieder in den Gerichtssaal zurückkehren.»

Nachdem die Verhandlung auf den nächsten Tag vertagt worden war, ging Pointer auf Kerry zu.

«Scheußliche Sache, Kerry», sagte er und betrachtete seine Pfeife.

«Jawohl, Sir.»

«Dieses alte Schwein auf der Richterbank will Sie tatsächlich den Hyänen zum Fraß vorwerfen.»

«Er hatte wohl keine andere Wahl, als Pallett seine Zeugenaussage gemacht hatte, oder?»

«Das war eine sehr undiplomatische Aussage.»

«Undiplomatisch?» Kerry ließ Pointer seine Verbitterung merken. «Er kann mich nicht ausstehen, was ich ihm nicht verüble, weil ich die gleiche Sympathie für ihn empfinde. Aber wenn er vor Gericht den Fall zu vertreten hätte, und ich wäre aufgerufen worden, um über das Verhör von Pitts auszusagen, würde ich alles getan haben, um ihm zu helfen.»

«Das gilt für alle anderen auch.»

«Der Fall ist natürlich geplatzt.»

«Wahrscheinlich. Er war nie so stark, wie wir gehofft hatten, weil alles auf dem Geständnis aufgebaut werden mußte.»

«Jetzt werden sie freigesprochen, und ich werde zum Teufel gejagt.»

Pointer zuckte schweigend die Achseln. Dazu konnte er nichts sagen.

15

Am folgenden Tag hielt Paynter das Eröffnungsplädoyer der Verteidigung, das als meisterhaft zu bezeichnen war, weil es sorgfältig alle Klippen umschiffte, die die Anklage aufgezeigt hatte. Dann rief er Pitts in den Zeugenstand, der seine Aussage mit einer Ruhe machte, die die Geschworenen sehr beeindruckte.

«Was hat Ihre Aufmerksamkeit auf den Brand gelenkt?» fragte Paynter etwa zehn Minuten nach Beginn der Vernehmung.

«Wir sahen die Flammen.»

«Und das hat Sie angelockt?»

«Nun, ich hatte noch nie zuvor ein großes Feuer gesehen.»

«Hatte noch nie ein großes Feuer gesehen», wiederholte Paynter und warf bezeichnende Blicke zur Geschworenenbank hinüber. Er rieb sich die Nasenspitze. «Erzählen Sie uns doch mal, was Sie bei dem Feuer empfanden.»

«Ich war entsetzt.»

«Warum?»

«Es war schrecklich.»

«Es hat Sie nicht erregt?»

«Natürlich nicht.»

«Wußten Sie, daß jemand in den Flammen eingeschlossen war?»

«Ich hätte nicht dem Brand zusehen können, wenn ich das gewußt hätte.»

«Haben Sie eine Ahnung, wieviel Uhr es war, als Sie den Ort des Feuers wieder verließen?»

«Ich weiß es nicht genau, außer daß ich mir plötzlich überlegte, ich sollte wohl lieber wieder gehen, weil sich sonst meine Mutti Sorgen macht.»

«Wohin gingen Sie also?»

«Direkt nach Hause.»

«Was passierte dann?»

«Die Polizei begann mich auszufragen.»

«Über was?»

«Nun, über das Feuer.»

«Hat die Polizei Ihnen gesagt, weswegen sie Sie ausfragten?»

«Sie sagte, sie glaube, ich und Albert hätten das Feuer angezündet.»

«Hat Sie das überrascht?»

«Ich war wie vom Donner gerührt.»

«Was haben Sie der Polizei angegeben?»

«Ich sagte, ich wüßte nichts davon, was auch stimmt.»

«Hat die Polizei Ihnen geglaubt?»

«Die nicht. Man nahm mich mit zur Polizeistation.»

«Wollen Sie uns jetzt einmal schildern, ganz in Ihren eigenen Worten, was in der Polizeistation passiert ist?»

«Sie redeten ununterbrochen von dem Feuer und behaupteten, daß ich und Albert es gelegt hätten. Ich sagte ihnen, das sei Unsinn, aber sie wollten einfach nicht auf mich hören. Er redete und redete und wurde dabei immer giftiger.»

«Auf wen beziehen Sie sich jetzt in Ihrer Aussage?»

«Ihn», mit einer theatralischen Geste deutete Pitts auf Kerry.

«Sie beziehen sich also auf Detektivinspektor Kerry. Sie sagen, er wurde ärgerlich?»

«Als er von einem Polizisten weggerufen wurde, hatte er beinahe einen Wutanfall, so zornig war er.»

«Was passierte dann?»

«Ein anderer Kerl kam herein und war ganz zahm und lächelte fortwährend. Dann kam *er* wieder, stellte sich vor mich hin und schrie. Ich bekam es mit der Angst zu tun. Er sagte, ich würde verprügelt werden, wenn ich nichts aussagen wollte. Ich sagte, es gäbe nichts, worüber ich etwas aussagen könnte. Er schrie etwas, und dann stieß er mich vom Stuhl. Ich fiel mit dem Kopf gegen die Tischkante und brach mir beinahe die Rippen auf dem Boden. Ich war so verschreckt, daß ich ihm sagte . . .»

«Wir wollen nicht hören, was Sie gesagt haben, weil das bereits — und mit Verlaub sei's gesagt, mit vollster Berechtigung — als Beweismittel nicht mehr zugelassen ist.» Paynter blickte hinunter auf sein Konzept.

Cleator nahm Pitts in seiner ruhigen, sachlichen Art ins Kreuzverhör und ließ alle rhetorischen Schnörkel weg. Es war unmöglich, aus seiner Stimme oder seiner Mimik zu schließen, ob ihm die Antworten gefielen oder nicht.

«Haben Sie Craster zu einer Haushaltwarenhandlung begleitet, deren Besitzer Sperry heißt, und zwar zwei Tage vor dem Brand?»

«Das könnte sein.»

«Was haben Sie dort gekauft?»

«Ich habe nichts gekauft.»

«Was wurde dort gekauft?»

«Nun, einige Kerzen.»

«Und zehn Liter Petroleum?»

«Jawohl.»

«Wofür wurden die Kerzen verwendet?»

«Um uns Licht in unserem alten Haus zu verschaffen.»

«Sie meinen das Haus, das Sie als Ihren geheimen Schlupfwinkel bezeichnen?»

«Ja.»

«Gehen Sie oft dorthin?»

«Ja.»

«Dann müssen Sie dort ja viele Kerzen verbrennen.»

«Eine Menge.»

«Aber die Polizei hat doch noch zehn Kerzen von dem gekauften Dutzend in Crasters Wohnung gefunden?»

«Wir waren noch nicht dazu gekommen, sie zu verbrauchen.»

«Aha. Wissen Sie auch, daß jedes in Frage kommende Geschäft in Bilhurst, das Kerzen führt, von der Polizei aufgesucht wurde und daß ihre Nachforschungen erbracht haben, daß in den vergangenen zwölf Monaten nur ein Paket mit zwölf Kerzen an einen von Ihnen verkauft wurde? Die zwölf, die bereits erwähnt wurden? Was passierte mit all den Kerzen, die Sie angeblich in Ihrem geheimen Schlupfwinkel verbrannt haben wollen? Wo kam die Menge Kerzen, wie Sie sich ausdrükken, her?»

«Wir haben sie woanders gekauft.»

«Wo?»

«Einem Laden in Anden.»

«Sind Sie ganz sicher?»

«Ja.»

«Welcher Laden war es in Anden?»

«Der Gemischtwarenladen.»

«Da sich nur ein Gemischtwarenladen dort befindet, wie ich zuverlässig weiß, müssen Sie sich also auf Parrots Laden beziehen?»

«Ich weiß nicht . . . ich weiß den Namen von dem Laden nicht.»

«Es wird Sie interessieren, daß die Polizei in Parrots Laden nachgefragt hat. Keiner von Ihnen hat jemals Kerzen in diesem Laden gekauft.»

«Mr. Cleator», sagte der Richter, «sind Sie in der Lage, dem Gericht mitzuteilen, ob irgendein anderer Laden oder ein Lager in Anden Kerzen an den Zeugen verkauft haben könnte?»

«Euer Gnaden, ich habe hier eine Liste, die von dem Polizeizeugen zusammengestellt wurde, den wir gestern gehört haben. Diese Liste führt alle Dörfer und Städte an, die von der Polizei überprüft wurden. Anden ist eine von diesen Ortschaften. Alle Besitzer von Läden und Einrichtungen zum Zwecke der öffentlichen Versorgung wurden zu diesem Punkt vernommen.»

«Ich danke Ihnen.» Der Richter schrieb etwas in sein Notizbuch.

Cleator nahm das Verhör wieder auf. «Wollen Sie immer noch behaupten, daß Sie Kerzen in Anden gekauft haben?»

Zum erstenmal konnte man bemerken, daß das etwas vorlaute Selbstbewußtsein Pitts im Stich zu lassen schien. «Nun, ich ... ich kann mich nicht mehr erinnern. Es war eben irgendwo.»

«Hoffentlich sind Sie sich über die volle Bedeutung einiger Zeugenaussagen im klaren. Genaue Untersuchungen wurden in Ihrem sogenannten Schlupfwinkel von Sachverständigen angestellt. Diese haben ausgesagt, daß dort schon seit langer Zeit keine Kerzen mehr angezündet worden sind.»

«Wir haben sie aber verbraucht.»

«Wann?»

«Vor einiger Zeit.»

«Aber nicht in jüngster Zeit?»

«Nein.»

«Was passierte dann mit den beiden Kerzen, die aus dem Dutzend fehlen, das am Montag vor dem Brand in Sperrys Laden gekauft wurde?»

Es herrschte eine Weile Stille.

Cleator setzte sein Verhör mit gelassener Stimme fort. «Sie haben zehn Liter Petroleum in Sperrys Laden am gleichen Montag gekauft?»

«Ja.»

«Wofür sollte das verwendet werden?»

«Damit wollten wir Alberts altes Motorrad putzen.»

«Und für diesen Zweck haben Sie es auch benützt?»

«Ja.»

«Sie wissen natürlich, daß die Polizei dieses alte Motorrad untersucht hat und zu dem Schluß kam, daß kein Mensch seit Monaten auch nur den Versuch gemacht hat, es zu säubern?»

«Wir haben etwas an dem Motorrad gereinigt.»

«Welchen Teil?»

«Ich weiß nicht mehr, welchen.»

«Aber Sie sind sich ganz sicher?»

«Ja.»

«Haben Sie alles Petroleum verwendet?»

«Ja.»

«Für die Reinigung eines Teiles des Motorrades, der so klein ist, daß die Polizei ihn nicht entdecken konnte?»

«Der Kanister fiel um.»

«Das ist das erste Mal, daß wir davon etwas hören.»

«Das ist aber passiert.»

«Wo fiel denn der Kanister um?»

«Irgendwo in der Nähe von seinem Haus.»

«Sie sprechen von Albert Crasters Haus?»

«Ja.»

«Beschreiben Sie uns die Stelle näher.»

«Ich kann mich nicht mehr daran erinnern.»

«Ihr Gedächtnis scheint ja plötzlich große Lücken bekommen zu haben.»

«Ich sage Ihnen doch, ich kann mich nicht mehr erinnern.»

«Ich sage Ihnen aber, daß die Behauptung, daß Sie Crasters Motorrad gereinigt, und die Behauptung, daß Sie die Kerzen in Ihrem Schlupfwinkel verbrannt haben, reine Erfindungen sind. Ich beschuldige Sie, daß Sie und Craster das Petroleum und die Kerzen als Zündmaterial verwendet haben, mit dem Sie einen Brand in der Fabrik Arlettes gelegt haben, wodurch Polizeiwachtmeister Ewebank getötet wurde!»

Albert Craster war ein außerordentlich unbequemer Zeuge: man konnte nur den Kopf schütteln, wenn man ihm zusah und ihn sprechen hörte. In einem Augenblick beantwortete er die Fragen klar und deutlich, im nächsten jedoch schien eine Jalousie in seinem Kopfe heruntergefallen zu sein, so daß er nichts zu begreifen vermochte. Aus diesem Grund maßen die Geschworenen den vielen Widersprüchen und Ungereimtheiten seiner Aussage keine allzu große Bedeutung bei.

Cleator nahm ihn ins Kreuzverhör, mußte aber bald einsehen, daß er gegen diesen Zeugen machtlos war.

«Sie sagen, Sie haben den Widerschein des Brandes am Himmel entdeckt. Sie und Pitts gingen also zur Brandstätte, um das Feuer zu betrachten?»

«Genau.»

«Warum.»

Craster starrte den Ankläger an. «Warum nicht?»

«Haben Sie eine Vorliebe für Feuer?»

«Warum nicht?»

«Wurden Sie erregt beim Anblick des Feuers?»

Craster starrte auf die Anklagebank.

«Sie brauchen sich nicht zu Pitts umzudrehen, um diese Frage zu beantworten.»

Craster grinste.

«Ein Polizeisergeant hat ausgesagt, daß seine Aufmerksamkeit auf Sie gelenkt wurde, weil Sie so ungewöhnlich erregt waren.»

«Ja.»

«Geben Sie zu, daß Sie erregt waren?»

Craster zuckte die Schultern.

«Wie lange haben Sie das Feuer beobachtet?»

«Welches Feuer?»

Cleator schob die Wollsträhnen seiner Perücke aus dem Kragen.

«Sie haben ein Dutzend Kerzen am Montag, dem 1. Juli, in Sperrys Laden in Bilhurst gekauft, nicht wahr?»

«Ja.»

«Wofür waren sie bestimmt?»

«Um Licht zu machen.»

«Licht zu machen — wo?»

«Unserem Schlupfwinkel.»

«Sie haben bereits vernommen, daß nach der Ansicht der Sachverständigen keine Kerze in Ihrem Schlupfwinkel seit Monaten angezündet worden ist, oder haben Sie das überhört?»

«Was meinen Sie?»

«Erinnern Sie sich an die Aussage, die vor einiger Zeit vor diesem Gericht gemacht wurde und die besagte, daß seit vielen Monaten in Ihrem Schlupfwinkel keine Kerzen angezündet worden sind?»

«Keine Ahnung.»

«Behaupten Sie immer noch, Sie hätten Kerzen in Ihrem Schlupfwinkel angezündet?»

«Was?»

«Haben Sie Kerzen abgebrannt?»

«Ja.»

«Worauf haben Sie die Kerzen gestellt?»

«Gestellt?»

«Wenn Sie eine anzündeten, dann müssen Sie sie doch irgendwo hingestellt haben.»

Craster sah plötzlich sehr pfiffig aus. «Nirgends.»

«Wollen Sie damit sagen, Sie haben sie einfach auf die Erde gestellt?»

«Stimmt.»

«Was ist dann aus dem Kerzenwachs geworden? Die Sachverständigen fanden nicht die winzigste Spur von Wachs in Ihrem Schlupfwinkel.»

«Haben sie keines gefunden?»

Nur einen Moment zeigte sich jetzt, wie verdrossen Cleator war. Dann sprach er ruhig und ausgeglichen weiter. «Wofür verwendeten Sie das Petroleum?»

«Um mein Motorrad zu putzen.»

«Sie wissen das ganz genau?»

«Vielleicht.»

«Was soll das heißen?»

Keine Antwort.

«Haben Sie das ganze Petroleum für die Reinigung des Motorrades verbraucht?»

«Nein.»

«Was passierte mit dem Petroleum, das Sie nicht verbraucht haben?»

«Er hat's Ihnen schon gesagt.» Craster deutete auf Pitts in der Anklagebank.

«Kümmern Sie sich nicht darum, was er gesagt hat. Wie haben Sie das Petroleum verwendet, das übriggeblieben war?»

«Es fiel um.»

Cleator drehte sich um, beugte sich vor und flüsterte mit seinem Rechtsbeistand: «Zum Verzweifeln, Bill! Als wenn ich ein totes Pferd mit der Peitsche antreiben würde.»

«Einen Kadaver, einen stinkenden Kadaver!»

«Ich glaube, das einzige, was mir jetzt noch zu tun bleibt, ist, die Anklage in aller Form zu wiederholen und mir einen passablen Abgang zu verschaffen.»

Der Rechtsbeistand nickte zustimmend.

Cleator richtete sich wieder auf, drehte sich um und faßte den Angeklagten ins Auge. «Ich beschuldige Sie, daß Sie Kerzen und Petroleum verwendet haben, um damit einen Brand in der Fabrik Arlettes zu legen. Ich beschuldige Sie, daß Sie und der andere Angeklagte für das Feuer verantwortlich sind, das die Fabrik zerstörte und dem Polizeiwachtmeister Ewebank den Flammentod brachte.» Cleator wartete gar nicht erst eine Antwort ab, sondern setzte sich sofort und lehnte sich schwerfällig in seiner Bank zurück.

Craster starrte ihn an. Er grinste. «Ich habe nichts getan», sagte er laut, und seine groben Gesichtszüge verklärten sich in einem höhnischen Triumph. «Ich habe nichts getan, verstehen Sie, und Sie nicht und kein anderer kann etwas dagegen machen. Sie können mir nichts nachweisen, gar nichts, ebensowenig wie bei den Feuern in Blackpool. Wir hatten mit diesen beiden Feuern auch nichts zu tun, und deswegen ärgern Sie sich schwarz darüber.»

Cleator stand blitzschnell auf und wirbelte mit den Armen, die sich in seiner Robe zu verfangen drohten.

Paynter war mit der gleichen Schnelligkeit aufgestanden. «Keine weiteren Fragen mehr», sagte er laut.

«Ich fürchte, ich habe mein Kreuzverhör noch gar nicht ganz abgeschlossen», sagte Cleator freundlich.

«Euer Gnaden . . .», begann Paynter.

Der Richter legte den Bleistift auf das Notizbuch und schnitt Paynter einfach das Wort ab. «Mr. Cleator, würden Sie bitte so freundlich sein und uns in groben Umrissen schildern, wie Sie Ihr Kreuzverhör fortzusetzen gedenken?»

«Selbstverständlich, Euer Gnaden. Ich werde versuchen, etwas mehr über die Brände in Blackpool herauszufinden.»

Paynter protestierte sofort. «Mein gelehrter Freund kann das auf keinen Fall tun, Euer Gnaden. Wenn tatsächlich solche Brände stattgefunden haben sollten — und es ist doch ganz einleuchtend, daß das sehr unwahrscheinlich ist — ist es eine grundlegende Verfahrensregel in unserer Rechtspraxis, daß nichts in unserer Verhandlung als Beweismittel gelten kann, was nicht direkt im Zusammenhang mit der Erhärtung oder Widerlegung der hier vorgebrachten Anklage steht. Vielleicht darf ich meinen gelehrten Freund darauf hinweisen, daß der Verhandlungsgegenstand das Feuer in Bilhurst vom 15. Juli ist? Wir wollen keine Aussagen hören, die sich auf andere Brände in anderen Teilen des Landes beziehen!»

«Was sagen Sie dazu, Mr. Cleator?» fragte der Richter.

«Euer Gnaden, mein gelehrter Freund sollte genau so gut wie ich wissen, daß es bestimmte — ich bin versucht zu sagen, grundsätzliche — Ausnahmen zur allgemeinen Regel, wie sie soeben zitiert wurde, gibt, obgleich hier eigentlich keine Ausnahmen vorliegen, da die Befragung des Zeugen im direkten Zusammenhang mit dem Beweis eines Vorsatzes des Angeklagten zur Zeit des Verbrechens steht.»

«Euer Gnaden», sagte Paynter, «der Vorsatz von Albert Craster gehört nicht zum Verhandlungsgegenstand.»

«Aber, Mr. Paynter, hat denn der Angeklagte nicht aus freien Stücken seinen Vorsatz zum Verhandlungsgegenstand gemacht?»

«Mit schuldigem Respekt, Euer Gnaden, nein.»

«Ich denke doch, Mr. Paynter. Der Angeklagte hat behauptet, daß seine Anwesenheit bei dem Brand der Fabrik Arlettes ein reiner Zufall war. Wenn er das tatsächlich behauptet hat, so kann Mr. Cleator das Recht nicht bestritten werden, daß er berechtigt ist zu beweisen, daß seine, Crasters, Anwesenheit bei dem Brand nicht zufällig war.»

«Das, Euer Gnaden, ist genau das, was er schon den ganzen Prozeß hindurch nachzuweisen versucht.»

«So ist es in der Tat. Aber es scheint, daß jetzt zusätzliche Beweise zutage gefördert werden, die den Zufall beweisen oder widerlegen. Wenn auch diese weiteren Aussagen oder Beweismittel andere Vorgänge zu anderen Zeiten betreffen, glaube ich doch, daß sie hier zulässig sind, nicht, um die Wahrheit der hier zur Verhandlung stehenden Anklage zu beweisen, sondern zu beweisen oder zu widerlegen, daß Crasters Anwesenheit bei dem Feuer der Fabrik Arlettes zufällig oder absichtlich war.»

Paynter versuchte noch einmal, die Ausweitung des Verhörs, die neue Beweise zuungunsten der Angeklagten ans Licht bringen konnte, zu verhindern. «Euer Gnaden, es muß doch ganz offensichtlich sein — aus Gründen, die ich wirklich nicht näher zu erläutern brauche —, daß diese Anspielungen auf andere Brände nur Produkte einer wirren Phantasie sein können. Wenn das Gericht diesen Produkten Gehör schenkt, kann das einen schädigenden Einfluß auf die ordentliche Verteidigung der beiden Angeklagten haben, selbst wenn die Fortsetzung des Verhörs zur Sache nichts weiter beisteuert als reinen Unsinn.»

«Sie können versichert sein, daß ich solche Entgleisungen auf keinen Fall dulden werde.»

Paynter mußte sich schließlich widerstrebend geschlagen geben.

Cleator beendete eine hastige Konferenz mit seinem

beratenden Anwalt und richtete dann das Wort wieder an den Zeugen. «Wann waren Sie in Blackpool?»

Craster sah jetzt wie ein mißhandelter Bluthund aus und starrte hilfesuchend auf Pitts.

«Sie werden dem Ankläger die Frage beantworten?» sagte der Richter scharf.

Craster fuhr mit der Zunge über seine dicken Lippen.

«Wann waren Sie in Blackpool?»

Craster wendete den Blick langsam von der Anklagebank ab. «Blackpool?»

«Ja.»

«Wir waren dort früher.»

«Früher in diesem Jahr?»

«Ja.»

«Welchen Monat?»

«Mai.»

«Mit wem waren Sie dort?»

Craster blickte wieder hilfesuchend auf Pitts. «Ihm», sagte er schließlich.

«Und während Sie dort waren, beobachteten Sie einige Brände?»

Crasters sah grotesk aus, als er die Augen mit seiner riesigen Hand bedeckte. Nach einer Weile ließ er die Hand wieder fallen. «Nur zwei Brände waren es», murmelte er.

Kerry parkte den Wagen vor dem Haus. Er nahm den Karton mit den Pralinen vom Sitz und ging ins Haus. «Heather», rief er.

«Ich bin in der Küche.»

Er ging durch das Eßzimmer hindurch. Sie stand am Herd, ihr Gesicht war ganz bleich, ihre Lippen zusammengepreßt. Er überreichte ihr die Pralinen.

Sie nahm die Schachtel und betrachtete sie ungläubig. Die Pralinen waren sehr teuer, und Don schenkte sie ihr nur an besonderen Festtagen. Sie konnte sich nicht erklären, warum er sie jetzt mitgebracht hatte.

«Es ist alles in Ordnung», sagte er.

«O Gott!» Sie legte die Schachtel auf den Küchentisch. «Ich möchte weinen, Don.»

«Dann heule dich nur gründlich aus.»

«Ich kann aber nicht, es geht nicht! Don, wie ist alles ...?»

«Erinnerst du dich noch daran, daß wir so besorgt waren, weil keine anderen Brände den beiden zur Last gelegt werden konnten? Wenn wir recht hatten, und einer oder beide waren Pyromanen — Craster ist einer, Pitts nicht, aber seine Beziehung zu Craster ist eigenartig und ungewöhnlich —, hätten andere Brandstiftungen nachgewiesen werden müssen, weil Pyromanen in der Regel mit kleinen Zündeleien anfangen und dann zu größeren Brandstiftungen fortschreiten. Dieses Feuer in der Fabrik war ja ein Großfeuer. Heute war das Kreuzverhör von Craster bereits vorüber und die beiden konnten todsicher mit einem Freispruch rechnen. Zu seinem Unglück hatte Craster plötzlich so viel Verstand, um das zu begreifen. Weil er ein dummer Tölpel ist, mußte er sich brüsten. Er sagte, der Brand wäre ein Zufall gewesen, genauso wie die beiden Brände in Blackpool Zufälle gewesen seien, und keiner könnte das widerlegen. Das führte natürlich sofort dazu, daß der Anklagevertreter ihn wegen der anderen Feuer ausfragte.

Wir erfuhren nicht viel, deshalb wurde die Verhandlung vertagt. Pointer und ich fuhren sofort zum Hauptquartier und führten Dauergespräche. Wir fanden sehr schnell heraus, daß zu der Zeit, als Craster und Pitts in Blackpool weilten, sich mindestens zwei Fälle von Brandstiftung ereigneten, die nie aufgeklärt wurden. Bei einem dieser Brände wurde ein riesiger stupide aussehender junger Mann gesehen, der Verdacht erregte, weil er so ungewöhnlich aufgeregt war. Wir haben sofort seine Fotografie nach Blackpool geschickt, und es besteht gar keine Frage, daß sie Craster sofort identifizieren werden.»

«Was bedeutet das?»

«Das bedeutet, daß der Ankläger diese anderen Brandstiftungen als Beweise anführen kann, daß Crasters und

Pitts' Anwesenheit an der Brandstätte nicht zufällig war. Das bedeutet, daß beide mit an Sicherheit grenzender Wahrscheinlichkeit schuldig gesprochen werden.»

«Und was geschieht mit dir, Don?»

«Ich werde natürlich nach wie vor vor ein Disziplinargericht gestellt werden, aber das bedeutet nicht, daß man mir den Abschied geben wird. Das Disziplinarverfahren wird jetzt natürlich ganz anders verlaufen, weil Pitts als Lügner entlarvt ist und seine Aussage kaum mehr ins Gewicht fällt. Und da die beiden für schuldig erklärt werden, wird die Presse sich nicht auf die Hinterbeine stellen. Erfreulich an der Geschichte ist auch noch, daß maßgebliche Leute jetzt wirklich überzeugt sind, daß Pallett ein falscher Fünfziger ist.»

Sie blickte in sein Gesicht. «Du sagtest mir doch die volle Wahrheit, Don?»

«Ich will sofort tot umfallen, wenn ich dir nicht die Wahrheit gesagt habe.»

Das Telefon läutete. Kerry küßte seine Frau und verließ die Küche.

«Wer spricht denn dort?» fragte eine männliche Stimme.

Kerry wußte, daß er die Stimme kannte, konnte sich nur nicht auf den Namen des Inhabers besinnen. «Kerry am Apparat», sagte er.

«Hier spricht Franchot Hamble. Ich habe mir Ihre Telefonnummer geben lassen, um Sie zu fragen, warum ich immer noch keine schriftliche Entschuldigung von Ihnen erhalten habe? Sie haben alles in Ihren Kräften Stehende getan, um mein Leben zu ruinieren, und jetzt, da Sie endlich begriffen haben . . .»

Kerry legte den Telefonhörer auf das Telefontischchen. Heather, die aus der Küchentüre getreten war, deutete auf den Hörer. Er schmunzelte. «Nur ein Kunde, der sich bei mir telefonisch bedanken will», sagte er.